AMÉLIE GEX

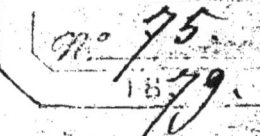

# POÉSIES

LE POÈME DE L'ANNÉE
CRIS DANS L'OMBRE — ÉCHOS ÉPARS
NOUVELLES PAROLES SUR DE VIEUX AIRS
SOUVENIRS D'ENFANCE
EN FERMANT LE LIVRE

1875-1877

CHAMBÉRY

IMPRIMERIE MÉNARD, RUE JUIVERIE, HÔTEL D'ALLINGES

1880

AMÉLIE GEX

# POÉSIES

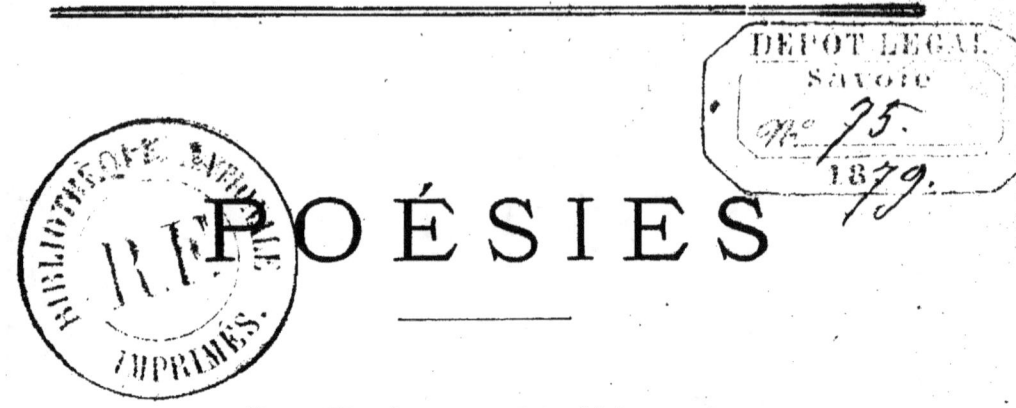

Le Poème de l'Année
Cris dans l'Ombre — Echos Épars
Nouvelles Paroles sur de vieux Airs
En fermant le livre

1875 - 1877

CHAMBÉRY

IMPRIMERIE MÉNARD, RUE JUIVERIE, HÔTEL D'ALLINGES

1879

# A G. R.

Ce livre est un ex-voto sur une tombe. L'auteur
en résume toute l'histoire dans ces mots adressés à
une âme toujours présente à sa pensée :

FIAT VOLUNTAS TUA !

27 décembre 1877.

# LE POÈME DE L'ANNÉE

# JANVIER

## IL NEIGE !

### I

Il neige ! il neige ! — On voit sortir,
Malgré le froid et la rafale,
Les écoliers qui vont bâtir
Palais royal et cathédrale.
Voyez passer, leste et fiévreux,
    Tout le collége ;
On court, on crie, on est heureux !
    Il neige ! il neige !

Il neige ! il neige ! — Au coin du feu
La soupe attend, la table est mise ;
On boit pour s'échauffer un peu,
Pour se distraire l'on se grise...
En hiver, quel est le repas
    Que l'on abrége ?
Le temps, d'ailleurs, ne presse pas :
    Il neige ! il neige !

Il neige ! il neige ! — Au Casino
Masques joyeux s'en vont par bande. ;
Pierrot criard et domino
Des baisers font la contrebande !
Et les cochers, du haut en bas,
  Sur leur grand siége,
Sont vraiment poudrés à frimas ;
  Il neige ! il neige !


## II

Il neige ! il neige ! — O voyageur,
Loin devant toi la route est blanche :
Vois ! sur les monts, le vent rageur
Fait crouler la lourde avalanche ;
Il faut veiller, car un vieux loup
  Te fait cortége...
Dans le sentier reste debout !
  Il neige ! il neige !


Il neige ! il neige ! — Oh ! qu'ils ont froid
Les petits gars dans la chaumière,
L'ouvrière en son bouge étroit,
Sans feu, sans pain et sans lumière...
Les tristes cœurs !... aucun espoir
  Ne les allége !
L'hiver est long et, chaque soir,
  Il neige ! il neige !

Il neige ! il neige ! — On ne voit plus
Sur les morts la croix de bois sombre ;
Dormez, dormez, pauvres reclus !...
Moins que nous vous souffrez de l'ombre !
Le sommeil qui fait oublier,
     Morts, vous protége !
Dormez ! sur votre ancien foyer
     Il neige ! il neige !

# MARS

Il pleut ; le temps est gris ; le nuage s'envole,
Poussé par quelque souffle invisible et puissant ;
Le passereau criard, sous le toit, se désole ;
L'eau coule, à larges flots, sur le pavé glissant.


La tristesse revient à mon cœur qui s'isole...
Mon âme, en sa torpeur bientôt s'assoupissant,
Comme la fleur qui ferme aux autans sa corolle,
Se blottit sous l'abri d'un songe caressant !


Dans le calme infini se perd ma rêverie...
Tel on voit sur la vague écumeuse en furie,
Bercés par l'ouragan, dormir les alcyons ;


Ainsi mon âme attend la fin de la tempête
Et, pressentant l'azur, dans son espoir, s'apprête,
Au retour du soleil, à fêter ses rayons !

# ALLÉGRO PRINTANIER

---

Du joyeux printemps
Voici le cortége ;
Adieu les autans,
Le givre et la neige !
Sous les sapins verts,
Des bruyants concerts
Voici le solfége :
Dans les bois touffus,
On entend, confus,
De charmants bruits d'ailes,
Et sur les tourelles
Du sombre manoir,
Brunes hirondelles,
Nous allons revoir
Votre manteau noir.
La brise amoureuse
Caresse l'yeuse,
L'aubépine en fleur ;
Parfois, la mutine
Chiffonne et lutine
La pâle églantine
D'un souffle vainqueur !
De l'hiver morose
On ne parle plus,

Car devant la rose
S'enfuit le perclus.
La prairie, ouverte
Aux rayons dorés,
Déjà s'est couverte
De sa robe verte,
Aux reflets moirés.
Si tu veux, ma Blanche,
Nous irons tous deux
Courir le dimanche
Dans les bois. Joyeux,
Nous irons surprendre
Quelque couple tendre
En son nid soyeux ;
Puis, sous la coudrette,
Tous deux indiscrets,
De la paquerette
Volons les secrets...
Je veux que, surprise,
La fleur me redise
Ce mot bien heureux,
Ce mot que publie,
Ma Blanche jolie,
Ton œil amoureux !
Que, prêtant l'oreille
Sous les rocs boisés,
L'écho qui sommeille
Un instant s'éveille
Au bruit des baisers...

# LA PART DU PAUVRE

SONNET.

Un matin de printemps tout fleuri, tout vermeil,
Un vieux pauvre passait, chancelant, tête nue,
Sous les hauts marronniers de la grande avenue
Dont les jeunes bourgeons s'enivraient de soleil.

Arbres, fleurs et pinsons, oubliant leur sommeil,
De l'astre éblouissant chantaient la bienvenue ;
Et le vieillard songeait, en sa déconvenue,
Quelle part il aurait de ce joyeux réveil...

« Pauvre, disaient les fleurs, il ne faut pas maudire
Ces chansons, cette joie et surtout le sourire
De ces rayons planant sur la jeune saison ;

L'herbe au bord du chemin rend ta couche moins dure
Et l'arbre, à ton sommeil en prêtant sa verdure,
Va te faire oublier le toit de ta maison ! »

# CHANT D'AVRIL

Sus, debout, allons voir l'herbelette perleuse.
P. de Ronsard.

Mignonne, allons sous la saulaie ;
Nous entendrons le ruisselet,
Tout en courant, jaser seulet
Et chanter l'oiseau dans la haie.
　　Dans l'aubépin,
　　Zéphir mutin
　　　Murmure :
　　Premier beau jour
　　Est de l'amour
　　　L'augure.

Allons voir s'ouvrir les pervenches
Comme un œil bleu dans le fossé,
Si les rosiers de l'an passé
Ont déjà des fleurs sur leurs branches.
　　Le bouton d'or,
　　Timide encor,
　　　S'assure
　　Qu'il peut fleurir
　　Sans plus souffrir
　　　Froidure.

Nous irons chercher des nouvelles
De l'alouette et du pinson ;
Leur demander si la chanson
Déjà sent recroître ses ailes.

> Soleil n'a plus
> D'un vieux reclus
> L'allure,
> Et dans un mois,
> La fraise, au bois,
> Est mûre.

Mignonne, allons, l'heure est charmante !
Sur la falaise on peut trouver
Ce coin tout seul où, pour rêver,
Amour conduit sa jeune amante...

> Printemps vainqueur
> De notre cœur
> A cure,
> Car, cette fois,
> Tout à la fois
> S'azure !

# L'AVRIL DES TOMBES

## AU CIMETIÈRE DE ***

A l'ombre du clocher dont les pierres jaunies
Portent le sceau moussu de nos siècles passés,
Sous les rameaux tombants des sureaux enlacés,
Tremblent, au vent du soir, les vieilles croix bénies.

Quand la cloche, à l'azur, jette ses harmonies,
Que les saules pleureurs, mollement balancés,
Se penchent sur des noms aux trois quarts effacés,
Les morts causent tout bas, durant leurs insomnies...

Sur eux, tout est parfum ; près d'eux, tout est babil :
L'oiseau, l'enfant, l'abeille et le couple qui passe,
L'ouvrier qui chantonne, aiguisant son outil,

Tout leur parle d'amour, de soleil et d'espace !
Tout rend aux morts contents la mémoire vivace
Des rêves oubliés de leur dernier avril !

# PRIMAVERA

### L'AUBE LOINTAINE.

Avril sur le gazon vient répandre sa joie :
La séve chaude monte aux branches du lilas ;
Le nid cache, discret, sous le rameau qui ploie,
Des pinsons amoureux les folâtres ébats.


Le long des grands murs blancs, où le soleil flamboie,
Lentement, vers midi, passent, tremblants et las,
Quelques pâles mourants que le passant coudoie,
Rieur ou soucieux, sans ralentir son pas.


Pour ceux-là, le printemps est l'aube de la tombe.
Les oiseaux et les fleurs regardent, curieux,
Ces fronts blêmes portant un sceau mystérieux ;


Et comme une promesse à l'être qui succombe,
Avril semble montrer à ses regards éteints
D'un ineffable jour les mirages lointains !...

# CHANSON

L'ayant écoutée un jour de beau temps,
On l'entend toujours la chanson si douce,
La fraiche chanson des bois au printemps.
                                    Gustave Mathieu.

La savez-vous cette chanson
Qui voltige autour du buisson
Quand mai nous jette son sourire ?...
Moi qui sous le saule mouvant,
Ami, vais rêver bien souvent,
Je la sais, mais ne puis la dire.


Elle a de si tendres accents
Qu'elle monte, comme un encens,
A travers les feuilles du chêne ;
Quand elle passe dans les houx,
Elle a soupirs si lents, si doux,
Qu'on croit ouïr une âme en peine...


Elle plane au-dessus des eaux,
S'en va tourmentant les roseaux,
Pareille au frôlement d'une aile ;
L'écho, d'un ton qui fait pitié,
N'en dit jamais que la moitié,
Grâce à sa mémoire infidèle...

Mon cœur souvent la dit tout bas,
Mais, comme écho, ne saurait pas,
Ami, la dire tout entière,
Car il faut pour la répéter
Toutes les voix qui font chanter
Les nids, les bois et la rivière.

# LE PARDON

SONNET.

Lorsque mai s'est tressé sa couronne fleurie,
Qu'au verger le soleil rougit le bigarreau,
Que le vent du matin, balançant le sureau,
Emporte ses parfums à travers la prairie ;

Quand le ciel fait pleuvoir sa lumière attendrie
Sur les vieux toits moussus où dort le passereau,
Et qu'aux chansons d'amour du jeune pastoureau
Le ruisseau vient mêler sa longue jaserie,

Adam, le vieil Adam, lève son front maudit
De la tombe où, pensif, à nos malheurs il rêve...
Laissant errer sur tout son regard interdit,

Joyeux de retrouver l'azur, l'amour, la séve,
Il se penche, et, tout bas, il murmure à son Eve :
— Femme, ils sont pardonnés, comme Dieu l'avait dit ! —

# SONNET

En mai, comme les églantines,
Toutes les âmes sont en fleurs.
Rien ne présage les douleurs,
Rien ne décèle les épines.

Nos illusions enfantines,
Séves ardentes de nos cœurs,
Ont les printanières splendeurs
Des robes vertes des collines.

L'hiver effeuille les rameaux,
La vie effeuille l'espérance,
Tout à la fois tombe en lambeaux.

Pour sentir d'autres renouveaux,
L'arbre attend qu'avril recommence
Et les cœurs morts vont aux tombeaux !...

# VILLANELLE

Voilà le temps où les vignes fleuries
D'âcres senteurs parfument les coteaux ;
Voilà le temps où, le long des prairies,
Les faneurs vont promenant leurs râteaux.
Sur les pommiers la bavarde cigale,
A tous les vents récite une oraison ;
L'oiseau redit sa chanson joviale, —
En juin l'amour est encor de saison !

Un sylphe blond, en secouant son aile,
Courbe en passant l'épi trop frêle encor ;
Le papillon, dont la robe étincelle,
Va se bercer sur les beaux colzas d'or.
Dans les sentiers, la fleurette s'étale ;
Le lézard gris rêve dans le gazon ;
Des bois touffus un encens pur s'exhale, —
En juin l'amour est encor de saison !

L'été rieur arrive les mains pleines ;
A son festin, pour se rassasier,
Les oiselets boivent l'eau des fontaines
Et l'enfant grimpe au tronc du cerisier.

La terre livre, en mère libérale,
A tous ses fils sa riche floraison ;
Et Dieu bénit la douce pastorale ! —
En juin l'amour est encor de saison...


Jeanne, buvons à la coupe remplie,
Buvons l'espoir, ce vin des amoureux ;
Le rire est bon, aimer n'est point folie,
Vidons nos parts du nectar généreux !
Plus tard viendra la froidure automnale,
Soleil fuira le seuil de la maison ;
La vie est belle à l'aube matinale,
Jeanne, l'amour est encor de saison !

# LA MOISSON

Prends le râteau, prends la faucille ;
Prépare nouvelle chanson ;
Comme de l'or la plaine brille ;
Tous les épis ont le frisson !
Aujourd'hui s'ouvre la moisson.

Alerte ! alerte ! voici l'aube ;
L'air est tranquille et les cieux purs...
Qu'à l'œuvre nul ne se dérobe,
Car dans nos champs les blés sont mûrs.
  Garçons, fillettes,
  Vite en chemin !
  Les amourettes
  Sont pour demain...

La caille déjà se désole ;
On voit courir dans les sillons
Le lézard, qui de peur s'affole,
Et vers les bois, en bataillons,
S'enfuient tous les oisillons.

En avant la bande joyeuse !
Le temps nous presse, il faut partir ;
Fillette, aux champs, laborieuse
Le soir pourra se divertir...
  Laissez, fillettes,
  Les doux propos...
  Les amourettes
  Sont en repos !

La meule grince et l'acier crie,
Chacun travaille allègrement,
La faux nivelle la prairie ;
Comme à la guerre un régiment,
On voit se coucher le froment.

Enfants, que la gaîté s'éveille !
Adieu misère, adieu chagrin !...
Dieu sème la fleur pour l'abeille
Et garde au laboureur son grain.
  A vous, fillettes,
  Il donne aussi
  Les amourettes,
  Sans le souci

Chantez, vieillards ! chantez les armes !
Chantez la France des vieux jours !...
Jeunes conscrits, chantez ses larmes !...
Plus tard, au bruit des gais tambours,
Nous fêterons vos fiers retours !

O paysans, chantez la gerbe !
Gloire au travail, — ce doux vainqueur ! —
Grâce à lui, la vigne superbe
Nous verse sa rouge liqueur...
        Et vous, fillettes,
        Tant que voudrez,
        Chants d'amourettes
        Vous nous direz...


Le soir venu, les attelages
Par nos grands bœufs seront traînés
Et les enfants de nos villages
Crieront sur leur porte, étonnés :
Vivat! les chars sont couronnés !


Sous les hangars, autour des tables,
Les moissonneurs iront s'asseoir;
Si les tonneaux sont insolvables,
Amis, nous le saurons ce soir !...
        Enfin, fillettes,
        L'amour nous sert
        Les amourettes
        Pour le dessert.

# L'AUTOMNE

Dès que l'arbre a fini, le sillon recommence.
Victor Hugo.

Jeanne, voici venir l'automne
Frileux et richement paré
Du pampre jaune qui festonne
Son large manteau bigarré ;


Voici venir les froides bises,
Les matins pâles et brumeux,
Les ombres sur les plaines grises,
Le givre aux buissons épineux.


Le brouillard couvre la colline,
Ses bois et ses ravins profonds,
Comme la blanche mousseline
Dont tu voiles tes cheveux blonds...


Il court sur l'horizon bleuâtre...
Et des rochers gravit les flancs,
Comme fuit, sous le fouet du pâtre,
Un grand troupeau de moutons blancs ;

Des sapins verts les hautes cimes
Planent sur lui, sombres îlots,
Ainsi qu'on voit sur les abîmes,
Un rocher noir surgir des flots...

Un rayon sur leur front morose
Glisse et semble se balancer
Comme une longue écharpe rose
Qu'un filet d'or vient nuancer.

Sous les frissons de la froidure
La forêt change de décor;
Les arbres pleurent leur parure,
Leurs larmes sont des feuilles d'or !

Sur les vallons et sur les plaines
Le soleil passe en souriant
Et va changeant ses verts domaines
En un beau tapis d'Orient... —

Jeanne, voici venir l'automne,
Voici les longs jours pluvieux ;
Des vents la plainte monotone
Est l'écho des tristes adieux...

— Adieu, chantent les pâles roses,
Au printemps, sur les églantiers,
D'autres que nous seront écloses
Et parfumeront vos sentiers !...

— Adieu, dit le pigeon rapide,
Je vais passer les grandes mers
Pour trouver un ciel plus limpide,
Des fruits dorés, des arbres verts !

— Adieu, répète l'hirondelle,
Là-bas j'aurai de plus beaux jours ;
Il faut du soleil à mon aile,
De chauds abris pour mes amours !... —

Ainsi le vent murmure et pleure,
Sous nos pauvres toits désolés,
Les adieux qu'envoient à chaque heure
Nos joyeux hôtes envolés !... —

Seul, le laboureur, la main pleine,
Dans le sillon, sitôt comblé,
Fait germer l'espérance humaine
En semant le grain de son blé !

Il semble sur ce front rustique,
Mouillé de pluie et de sueur,
Que Dieu fait d'une aube mystique
Planer la sereine lueur !

Grave et pensif, il va sans crainte,
Pontife humble et laborieux,
Recommencer cette œuvre sainte
De l'avenir mystérieux !... —

Jeanne, voici venir l'automne,
L'horizon va se rembrunir...
La terre où tout tremble et frissonne
Semble ne plus se souvenir

De ces jours joyeux qui s'égrènent
Comme les perles d'un colier,
Que tous les étés nous ramènent
Que les hivers font oublier !

. . . . . . . . . . . . . . . . . . . . . . . . . . . . . . . . . . . . . .

.... Mais de la campagne déserte,
Comme un gage de renouveau,
Dieu fait croître la robe verte
Sous les plis de son froid manteau !

# FLEUR D'AUTOMNE

— —

Sous les frileux rayons d'un soleil automnal,
Dans les gazons flétris, une fleur vient d'éclore,
Humble et frêle, enfermant sous sa robe incolore
Le trésor ignoré d'un parfum virginal.


De novembre, bientôt, le souffle boréal,
Dans les bois, va chanter sa fanfare sonore...
Pauvre fleur! tu voudrais pour quelques jours encore
Sentir de l'astre aimé le baiser matinal !


Et pourtant, dès demain, sous l'étreinte du givre,
Peut-être, il te faudra te pencher et mourir
Sans que de tes senteurs nul être ne s'enivre !...


Aux regards de l'amour n'osant point s'entr'ouvrir,
Que d'âmes, comme toi, fleurette, ont vu tarir
Leur séve printanière, et n'ont pu lui survivre !...

———

# L'ADIEU AUX HIRONDELLES

---

Tu vedrai lòntane arene,
Nuovi monti, nuovi mari
Salutando in tua favella,
Pellegrina rondinella.

**Tommaso Grossi.**

Demain vous partirez, gentilles hirondelles,
Cherchant le ciel lointain des rivages dorés ;
Et sous les toits amis où grandirent vos ailes,
    O chères infidèles,
Combien de pauvres cœurs vivront désespérés !


Demain vous partirez, toujours vives et folles,
Sans soucis, sans regrets, rêvant d'autres amours,
Songeant aux nids laissés, là-bas, sous les coupoles,
    Aux douces brises molles,
Qui murmurent le soir sous les créneaux des tours.


Vers l'orient fleuri vous irez, oublieuses,
En fuyant, à plein vol, notre ciel embrumé,
Sur les minarets d'or, aux cimes lumineuses,
    Pour vos ailes frileuses,
Chercher des matins clairs le rayon bien-aimé !

Là vous retrouverez le souffle qui caresse,
Comme un baiser d'amant, les fleurs du Saraï,
La mer bleue où la vague, en sa douce paresse,
    Chante et roule sans cesse
Un rayon de soleil en son fantasque pli.

Vous aurez, pour dormir, la chanson des tsiganes
Et, pour vous éveiller, le cri des muezins ;
Pour abri, le kiosque où rêvent les sultanes
    Et l'ombre des platanes
Où se couchent, lassés, les chameaux abyssins...

... Et nous n'entendrons plus votre voix si sonore,
Lorsque l'aube sourit au travers de l'auvent...
Les jours gris de l'hiver, qu'un lent ennui dévore,
    Seront plus lourds encore
Sans les bavards propos que vous jetiez au vent !

Mais le givre a blanchi le bord de la fenêtre ;
La bise a défeuillé les rameaux des tilleuls ;
Au bois, où l'aquilon s'en va gronder en maître,
    Combien de nids, peut-être,
Où s'abritait l'amour, demain vont rester seuls !...

Partez, oiseaux, partez ! voici venir la neige ;
Notre azur est, hélas ! assombri pour longtemps ;
L'arbre chauve se tord sous le vent qui l'assiége,
    Et chaque jour abrége
D'un soleil attiédi les retours inconstants.

Partez ! Il ne faut pas mêler à nos tristesses
L'insouciant bonheur des amours rajeunis...
Partez ! mais du foyer, passagères hôtesses,
     Emportez les tendresses
Pour les verser, là-bas, sur le front des bannis !...

# LA VEILLE DES MORTS

Comme l'ouragan se démène dans l'air !
Gœthe.

Ma sœur, c'est la nuit de Toussaint ;
Demain les morts auront leur fête ;
La cloche pleure au temple saint,
Ici sanglote la tempête.
Comme les bruits ce soir, ma sœur,
  Font peur !
Le vent fait en courbant les houx :
  Hou ! hou !
L'écho répète près de nous :
  Hou ! hou !

La flamme vacille au foyer,
Rougissant la tenture brune ;
Sur la route on voit ondoyer
Les arbres blanchis par la lune...
Que ces rayons ce soir, ma sœur,
  Font peur !
La chouette dit aux hiboux :
  Hou ! hou !
Ceux-ci répondent dans leur trous :
  Hou ! hou !

On sent passer comme un frisson
Inconnu dans notre demeure ;
On croit ouïr le triste son
D'une voix qui crie ou qui pleure...
Vraiment, les bruits ce soir, ma sœur,
    Font peur !
L'auvent grince arrachant ses clous :
    Hou ! hou !
Et déjà craquent les écrous !
    Hou ! hou !


Entends... la cloche aux trépassés
Parle, et sa voix grave et sereine
Semble de tous leurs jours passés
Raconter la joie ou la peine...
Mais la cloche aux vivants, ma sœur,
    Fait peur !
L'air vibre et fait à tous les coups :
    Hou ! hou !
L'écho reprend d'un ton plus doux :
    Hou ! hou !


On dit que dans leurs lits étroits
Les morts, interrompant leur rêve,
Ce soir, poussent de leurs doigts froids
Le marbre qui sur eux se lève...

Grand Dieu ! que les ombres, ma sœur,
      Font peur!
Je crois entendre autour de nous,
      Hou ! hou !
Des portes crier les verrous,
      Hou ! hou !

Sans doute que sur le chemin
Qui près du cimetière passe,
On pourra retrouver demain
Des morts la fugitive trace...
Oh ! comme en y songeant, ma sœur,
      J'ai peur !
Du vieux Grégoire aux cheveux roux,
      Hou! hou!
Il semble qu'on entend la toux :
      Hou ! hou !

L'ouragan souffle et, dans les bois,
Tremblent et frissonnent les chênes ;
Ecoute !... on dirait, sur les toits,
Que les damnés roulent leurs chaînes...
Oh ! comme tous ces cris, ma sœur,
      Font peur !
Les chiens hurlent après les loups :
      Hou ! hou !
Le ruisseau fait sur les cailloux :
      Hou ! hou !

Sœur, réponds-moi, vas-tu dormir ?...
Les morts veulent une prière
Car, près de nous, j'entends gémir
Une pauvre âme prisonnière...
Quand minuit sonnera, ma sœur,
      J'ai peur !
Qu'ils viennent crier en courroux :
      Hou ! hou !
« *De profundis !* — Priez pour nous ! »
      Hou ! hou !

# L'HIVER EST LA !

---

L'hiver coiffe de deuil les coteaux défleuris :
Saint-Maur.

L'hiver est là ! — Pauvres roses saisies
    Par l'aquilon,
Plus ne verrez, sur vos feuilles transies,
    Le papillon ;
Plus n'entendrez, bourdonnant sur la treille,
    De grand matin,
Le frelon noir, partageant de l'abeille
    Le doux festin.
Hier le ramier, dans l'air, criait : Holà !
    Partons linots, l'hiver est là !

L'hiver est là !... — Plus d'amour, ni de fêtes
    Aux bois jaunis ;
Seuls, les sapins courbent leurs sombres têtes
    Sur les vieux nids.
Le givre a mis sa fragile dentelle
    Sur les buissons ;

Vous ne pourrez vous abriter sous elle,
    Pauvres pinsons !...
Hier le ramier, dans l'air, criait : Holà !
    Partons linots, l'hiver est là !...


L'hiver est là !... — Que de têtes penchées
    Sous les frimas,
Ames et fleurs, dans un jour, sont fauchées
    Par le trépas !...
Fronts de vingt ans vont dormir sous les tombes
    Leur long sommeil !
— Ne souris plus au nid froid des colombes,
    Joyeux soleil !
Hier le ramier, dans l'air, criait : Holà !
    Partons linots, l'hiver est là !


L'hiver est là ! — Bienheureuses les ailes
    Qui peuvent fuir !
L'hiver est là ! — Quand les plumes sont frêles,
    Mieux vaut mourir !
Mieux vaut mourir quand se taisent les brises,
    Lorsque les vents
Font, en nos bois, pleurer les branches grises
    Des pins mouvants...
Hier le ramier, dans l'air criait : Holà !
    Partons linots, l'hiver est là !

# NOVEMBRE

Flambe, flambe, ma bourrée,
Sur les noirs chenets de fer,
Lance ta flamme azurée
Du foyer joyeux éclair ;
C'est la première soirée
    De l'hiver.


Brrr ! brrr...! brrr!... voici la bise ;
Fermons la porte et l'auvent
    Au vent ;
Laissons gémir, à leur guise,
Le lourd portail de l'église
Et le vieux coq de fer-blanc
    Tremblant...
    Quand la tempête
    Hurle, ma foi !
    C'est une fête
    D'être chez soi !


Quel vacarme et quel orage !
Dehors on ne ferait pas
    Trois pas ;

Pour ouïr un tel tapage,
De l'enfer l'aréopage
Doit sonner un branle-bas,
   Là-bas !...
  Quand la tempête
  Hurle, ma foi !
  C'est une fête
  D'être chez soi !

  Sur le toit, la girouette
Grince et fait, à chaque assaut,
   Un saut.
Ah ! pour sûr, dans sa chambrette,
La pauvre vieille Nanette
Ne doit pas avoir, là-haut,
   Bien chaud ! ..
  Quand la tempête,
  Hurle, ma foi !
  C'est une fête
  D'être chez soi !

Sur la table étendez la nappe ;
Servez la viande et les choux,
   Dessous.
Que le diable crie ou jappe,
On n'ouvrirait pas au pape
Quand il frapperait, chez nous,
   Vingt coups !...

Quand la tempête,
Hurle, ma foi !
C'est une ~~fête~~
D'être chez soi !

Flambe, flambe ma bourrée
Sur les noirs chenets de fer,
Lance ta flamme azurée
~~Du foyer joyeux éclair ;~~
C'est la première soirée
De l'hiver.

# DÉCEMBRE

—

*Où va le blond soleil pendant ces longs hivers ?*

Lorsque au mois glacial où vient régner la bise
Sur les bois engivrés passe un rayon furtif ;
Quand la neige, encombrant le vieux toit qui se brise,
Retient sous les piliers le passereau captif ;

Et que l'on ne voit plus la large route grise
Dérouler ses anneaux, comme un serpent oisif
Qui s'en vient, paresseux et rampant à sa guise,
De la sombre forêt chercher le vert massif ;

Lorsqu'enfin, de l'hiver sentant la froide haleine,
On entend frissonner dans la profonde plaine,
Sur le bord des fossés, le hautain peuplier,

Il est un noir instant où notre âme anxieuse
Cherche en son souvenir la lueur radieuse
De l'éternel azur qu'elle a peur d'oublier !

# CRIS DANS L'OMBRE

# CRIS DANS L'OMBRE

## 1

Que m'importe, ô soleil, ton éternel sourire !
Que me fait de l'azur l'insolente clarté,
Du nid dans le buisson l'amoureux aparté
Ou l'indolent soupir qu'exhale le zéphire !

Quand la lèvre flétrie, oublieuse du rire,
De ton fiel, ô douleur, a senti l'âpreté,
Les larmes sont alors la seule volupté
Qui soit douce à ce cœur que ton ongle déchire.

Pourquoi donc étaler tes fleurs et tes parfums,
Nature ? Pourquoi donc ces réveils importuns ?
Et pourquoi de l'amour les promesses hâtives,

Puisque pour contenter l'inflexible destin,
Trop souvent, l'on n'entend à ton riche festin
Que le bruit des sanglots de tes mornes convives ?

## II

Que cherchez-vous, humains, dans vos noires ténèbres ?
Quels désirs, quels vouloirs, quels besoins rigoureux,
Excitant, chaque jour, vos efforts douloureux,
Font blanchir vos cheveux et ployer vos vertèbres ?...

Que voulez-vous savoir, ô pionniers célèbres ?
O savants ! ô chercheurs dont le pied vigoureux
Foule les champs glacés des pôles nébuleux,
Ou les déserts brûlés où bondissent les zèbres ?

Hommes, qu'attendez-vous de vos témérités ?
Pensez-vous qu'en l'abîme où votre âme s'effare,
Vos yeux découvriront le gigantesque phare

Eclairant dans la nuit les sombres vérités
Qu'un Dieu jaloux retient, captives et mûrées,
Dans les gouffres sans nom des lointains empyrées ?

## III

Tel, au fond des déserts, dans le sable mouvant,
Le pâle voyageur que le semoun terrasse,
Anxieux, éperdu, cherche en vain quelque trace
Où l'œil retrouve encor l'empreinte d'un vivant ;

Ainsi l'homme en sa nuit, cherche, appelle et souvent
Nulle voix ne répond à sa pauvre âme lasse !...
La foule qui succède à la foule qui passe
Lègue au siècle futur son espoir décevant.

— Depuis le jour fatal où tu devins féconde,
O terre, que fais-tu des pleurs que tu reçois ?...
Que fait l'air de nos cris ? — Où s'arrêtent nos voix ?

Se peut-il qu'à jamais nul écho ne réponde
A ces tristes clameurs que nos cœurs désolés
Lancent vers ces Edens qui toujours sont voilés ?...

## IV

Comment peux-tu rester, au fond des cieux tranquilles,
Insensible à l'amour, impassible à nos deuils?
Seigneur, comment peux-tu laisser nos pieds fragiles,
Sans cesse se heurter à tes sombres écueils?...

Faudra-t-il qu'à jamais tant de larmes stériles
En tombant de nos yeux, ne lavent que nos seuils?
Est-ce pour engloutir nos espoirs juvéniles
Qu'auprès de nos berceaux tu creusas nos cercueils?...

N'es-tu que le destin silencieux et morne?
Et le mal, serait-il l'inexorable borne
Contre qui lutte, en vain, ton effort impuissant?

Ou peut-être, oublieux de ton informe ouvrage,
Le laisses-tu sombrer de naufrage en naufrage,
Comme font les marins d'un poids embarrassant?...

## V

### A Madame J. S. D.

De profundis clamavi ad te !

Quelques-uns nous ont dit : — « L'espérance est atroce !...
« Votre Dieu n'est qu'un leurre ou qu'un bourreau féroce ;
   « Et, paria de l'azur,
« L'homme va, cherche, appelle, interroge et retombe,
« Ignorant et lassé, sur le bord de la tombe
« Sans que rien ne s'émeuve au fond du ciel obscur !...

« Il aime, il croit, il prie !... Amour et foi, — chimères ! —
« Mots qui faites verser tant de larmes amères,
   « Qui donc vous a trouvés ?
« Quelles âmes, quels cœurs, de l'idéal avides,
« Ont créé ces hochets tout dorés et tout vides,
« Rêves toujours conçus et jamais achevés ?

« Dans les champs radieux où l'on dit que Dieu règne,
« Que d'amours le cherchant, que sans cesse il dédaigne,
   « Trouvent les cieux fermés !
« Que de sanglots perdus ! que de cris ! que de plaintes !
« Que de vœux ! que d'élans et de prières saintes
   « Le doute a comprimés ! »

. . . . . . . . . . . . . . . . . . . . . . . . . . . . . . . . . . . . . . . . . . . .

C'est vrai, mon Dieu, c'est vrai : ces âmes que tu brises,
Jadis, tu les voyais, aimantes et soumises,
       S'incliner sur ton seuil ;
Et, pendant de longs jours, sans vaincre leur constance,
La douleur, comme un flot qui toujours recommence,
Leur prenait une joie et leur laissait un deuil !...

Et quand, le front meurtri, terrassé par l'épreuve.
Ces vaillants retrouvaient une espérance neuve
       Pour grandir leur vertu,
Te laissas-tu fléchir ?... Te montras-tu leur père ?...
Non ! non ! Pourtant, mon Dieu, malgré leur sort sévère,
C'était le bon combat qu'ils avaient combattu !

Sans cesser de souffrir et sans cesser d'attendre,
Ils disaient : « Nous servons un maître juste et tendre,
       « Nous sommes dans sa main !...
« Il nous voit, il nous suit, il connaît notre peine ... »
Ils disaient tout cela : — mais l'espérance humaine,
Hélas ! nous le savons, n'a pas de lendemain.

. . . . . . . . . . . . . . . . . . . . . . . . . . . . . . . . . . . . . . . . . . . .

Qui donc es-tu, Seigneur, puisque rien ne te touche !
Créateur oublieux, ou bien maître farouche...
       Protecteur impuissant ?...

Fais-tu, comme un jouet, tourbillonner les mondes
Au gré de ton caprice ? ou de tes mains fécondes
Chaque œuvre serait-elle immolée en naissant ?...

Non ! Tu n'es point un Dieu distrait ou versatile :
Sur ton trône de gloire, immuable et tranquille,
   Tu restes l'Eternel !
L'univers est présent à ta vaste pensée :
L'astre roi de l'Ether, la fleur sèche et froissée
Ont tous deux même part du regard paternel.

Mais l'homme !... l'homme seul dans tes bras tu l'enserres,
L'homme tu le poursuis ! l'homme tu le lacères !...
   Tu n'en fais qu'un lambeau !
Il prie ... — et tout est sourd. Il pleure...— et rien ne vibre.
Il marche vers la mort en croyant être libre...
Le doute le retient sur le seuil du tombeau !

.... Tu fécondes l'amour des loups et des vipères !
Les vautours ont des nids... et les tigres sont pères !
   L'aigle dort en repos ;
L'âne trouve toujours un chardon sur sa route ;
L'insecte a le gazon, l'hirondelle une voûte ;  .
La terre a la rosée... et l'homme ? — les sanglots ! —

Oui, les pleurs ! oui, la soif ! oui, l'effroi, le silence !
Dans le cœur, le désir; dans l'âme, l'ignorance ;
   Dans l'esprit, les combats.

Notre lot c'est la lutte et notre part c'est l'ombre :
Hier s'en va dans la nuit, demain reste encor sombre,
Et c'est toujours ainsi jusqu'au jour du trépas !

Que faut-il ? — Que faut-il pour que ton bras s'apaise ?
De la foi ?... de l'amour ?... ou qu'on souffre et se taise
Devant tes volontés ?...
Vois !... tes temples sont pleins d'un peuple qui t'adore :
N'est-il donc en ton Ciel aucun écho sonore
Répétant tous les cris qui vers Toi sont montés ?...

. . . . . . . . . . . . . . . . . . . . . . . . . . . . . . . . . . . , . . . . . . . . . .

## VI.

Pourquoi, mon Dieu, quand je te prie,
Me laisses-tu
Seul et chétif, l'àme assombrie,
Des vents battu,

Marcher toujours dans cette route
Où chaque pas,
Malgré tous les pleurs qu'il nous coûte,
Mène au trépas ?

Tu donnes aux fleurs la rosée,
L'air à l'oiseau,
Et l'homme, hélas! tige brisée,
Frêle roseau,

N'a que la mort pour espérance!
Jusqu'au cercueil
Il va dans l'ombre et l'ignorance
Traînant son deuil...

Pourquoi laisser ta créature
   Trembler d'effroi?
Le doute est-il une torture
   Digne de Toi ?...

Partout, partout sur cette terre
   Je t'ai cherché !
Ton temple a vu sur chaque pierre
   Mon front penché...

Partout, en vain je te réclame,
   Seigneur, mon Dieu !
J'entre parfois, l'espoir dans l'âme,
   En ton saint lieu...

Près d'un berceau, souvent je tombe
   A deux genoux,
Et je dis aux morts dans la tombe :
   « Le voyez-vous ? »

Hélas ! nulle parole humaine
   Ne me répond,
Et ma voix monte, toujours vaine,
   Au Ciel profond !

Pourtant, mon Dieu, je te désire,
   Comme le jour
Du soleil attend le sourire
   Et le retour.

Sans te voir, de Toi je m'enivre !
Mon triste cœur
En lui, toujours sent battre et vivre
L'amour vainqueur !

Je dis à la cloche qui tinte,
Je dis au vent :
« Portez, portez ma faible plainte
« Au Dieu vivant ! »

Au parfum qui monte en la nue,
Soupir des fleurs,
Je dis : « Sur sa voie inconnue
« Porte mes pleurs ! »

La nuit me voit, sous ses longs voiles
Sondant l'éther,
Chercher au-delà des étoiles
Ton regard clair.

Quand tu prodigues ta lumière
A l'astre d'or,
Pourquoi faut-il que ma paupière
Te cherche encor ?...

Et quand à l'oiseau tu révèles
Ton doux appui,
Pourquoi, Seigneur, n'ai-je pas d'ailes
Tout comme lui ?...

## VII.

Comme les morts sont bien couchés sous l'herbe épaisse !
Alors que les parfums des hauts gazons fleuris
Montent vers les cyprès qu'un vent du soir caresse,
Comme les morts sont bien sous leurs sombres abris !

Quand des peupliers verts dont la cime s'abaisse
Passe sur les tombeaux le murmure incompris,
Lorsque, dans sa pitié, la lune triste laisse
Ses rayons se jouer sur les vieux marbres gris...

Oh ! que les morts sont bien et qu'il est dur de vivre !
Qu'il est dur, en quittant le calme et saint enclos,
De rentrer, épuisé, dans l'infernal champ-clos

Où la douleur féroce et qui de pleurs s'enivre,
Ainsi qu'un champion que rien ne peut lasser,
S'acharne sur le cœur qu'elle veut terrasser !

## VIII.

Dans les replis profonds des plaines éthérées,
Il est des astres morts qui, sans but, sans chemins,
Voyant à leurs longs jours d'éternels lendemains,
Roulent mornes et froids dans les lueurs dorées.

Sur terre, il est aussi des âmes éplorées
Qui s'en vont sans rien voir dans les sentiers humains,
Laissant fleurs et parfums s'échapper de leurs mains,
Vivant, sans les compter, leurs heures mesurées.

Qu'importe le soleil à ces mondes glacés !
Qu'importe le bonheur à ces âmes atteintes !
Sourires ni rayons ne comprennent leurs plaintes.

Pour les heureux, les pleurs paraissent insensés ;
Le silence est le lot de tous les trépassés,
Fronts déchus, cœurs brisés ou planètes éteintes.

# ÉCHOS ÉPARS

# LE MATIN

### I.

Voici l'heure où l'aube pâle,
Assise en son char d'opale,
    Souriant
Aux zéphirs de son escorte,
Vient du ciel ouvrir la porte
    D'Orient.

La nuit, repliant ses voiles
Ainsi qu'on roule les toiles
    D'un décor,
A l'horizon se dérobe,
Mais derrière elle sa robe
    Traîne encor.

Les astres lointains pâlissent...
Les amoureux, lestes, glissent
    Des balcons,
Et, comme de blanches plumes,
Vers les monts volent les brumes
    En flocons.

Une lueur indécise
Tremble sur la crête grise
    Des rochers ;
Au loin, brillantes flammèches,
Surgissent les hautes flèches
    Des clochers.

Le jour naît, grandit, s'augmente;
L'aube pudique et charmante
    Va poser,
En s'éloignant fugitive,
Sur les bois et sur la rive,
    Un baiser.

L'eau s'irise et le bois pleure
Quand ce baiser les effleure,
    Caressant...
Puis Zéphir vient et recueille
Chaque larme de la feuille,
    En passant...

## II.

Ainsi qu'un roi dans sa gloire,
Tout vêtu d'or et de moire,
    Le Soleil,
Sur le front du glacier blême,
Vient mettre son diadème
    De vermeil.

La Terre, sa bien-aimée,
Par son rayon ranimée,
　　　Rougissant
Sous sa gaze vaporeuse,
Pousse un soupir d'amoureuse,
　　　Ravissant !


Comme au maître l'humble esclave
Sait offrir un don suave
　　　De parfums,
Ainsi montent, douce halein
Mille senteurs de la plaine,
　　　Des bois bruns.


C'est l'heure sainte et féconde
Où Dieu verse sur le monde
　　　Ses trésors :
Flots de vie et flots de séve,
Torrents qui coulent sans trève,
　　　A pleins bords.


Tout est joie, espoir, ivresse !...
La brise est une caresse,
　　　L'air sourit,
Un chaud rayon d'or se pose
Sur chaque bouton de rose,
　　　Qui fleurit...

Sur la colline penchante, —
Ecoutez ! — c'est Mai qui chante
    Son refrain ;
Des oiseaux la causerie
Se mêle à la sonnerie
    De l'airain.

Au temple et sur la bruyère,
Cri d'oiseau, — sainte prière,
    Tour à tour,
Voix joyeuse et voix bénie
A Dieu portent l'harmonie
    Et l'amour !

Sur le brin d'herbe posée,
La mouche boit la rosée ;
    Le lézard,
En corselet d'émeraude,
Sur le vieux mur, veille ou rôde
    Au hasard.

Dans les sentiers, la fleurette,
Rajustant sa collerette,
    Dit : « Bonjour ! »
A la diligente abeille,
Au papillon qui s'éveille
    Roi d'un jour !

## III.

Telle une ruche bourdonne,
Ainsi, déjà, tout résonne
    Au hameau :
Le marteau frappe l'enclume,
Et dans l'auberge, on allume
    Le fourneau.

Les coqs, clairons du village,
Des poules du voisinage
    Font l'appel ;
Toute la gent emplumée
Court, crie ou vole affamée
    Au rappel.

L'âne, de sa voix bourrue,
Parle au bœuf, et la charrue,
    Dans la cour,
Par les vieux chevaux traînée,
Va commencer sa journée
    De labour.

Au pauvre, quoiqu'il en coûte,
Il faut reprendre la route
    Du canton ;

Mais, plus dispos, il s'avance,
Faisant frapper en cadence
Son bâton,

Pendant que sur la colline
Un prêtre, en priant, chemine
— Doux pasteur —
Montrant à Dieu la prairie
Qui chante, verte et fleurie,
Son auteur !

# RÉVEIL

## PAYSAGE

———

Le matin rit sous la tonnelle
Où les linots ont fait leurs nids,
Et dans les bois encore brunis
Zéphir chante une villanelle ;
Compagnon doux et familier
    De l'écolier,
Sur l'aubépine en sentinelle,
Le merle entonne, ex-professo,
    D'un allegro
    La ritournelle.

    Hibou, chouette
    Sont tous reclus ;
    Chez l'alouette
    On ne dort plus.
    La poule glousse
    Dans le courtil,
    Tout se trémousse :
    L'herbe et la mousse
    Causent d'avril.

Voix forte ou frêle,
Rire et bruit d'aile,
Tout entremêle
Son gai babil !....

Dans le val, sous leur robe grise,
Tremblent les frêles peupliers ;
On voit courir les chevriers
Parmi les buissons de cytise....
Quittant sa toque de brouillard,
D'un air gaillard,
Soleil frappe au volet de Lise ;
La belle, en simple cotillon,
Ouvre au rayon
Qui la courtise.

Filant plus vite
Que le boulet,
Le lièvre quitte
Le serpolet ;
La peur talonne
Le fugitif,
Qu'on lui pardonne !
Le cor entonne,
Sous le massif,
Galop de chasse,
Sombre menace
Qui serre et glace
Son cœur craintif.

On entend gronder la fermière
Qui déjà rôde en sa maison ;
Le troupeau, sautant la cloison,
Va faire école buissonnière....
Le berger, suivi de son chien,
  Vaillant soutien,
Court après la gent moutonnière
Qui, narguant le fouet et la dent,
  S'en va tondant
  La luzernière.

  Voix nonchalante
  Monte du lac ;
  Le passeur chante
  Guidant son bac ;
  Canards sauvages,
  A leur réveil,
  Dans les herbages,
  Le long des plages,
  Tiennent conseil ;
  Souple et changeante,
  La vague lente
  Semble, indolente,
  Rire au soleil !...

## LA FIN DE LA JOURNÉE

### I.

La rue étroite et sombre a perdu son bruit sourd,
Le marteau cesse enfin de tourmenter l'enclume ;
Dans la cour de l'auberge, où la vitre s'allume,
On entend des chevaux le pas sonore et lourd.

L'ouvrier, les bras las, s'en revient au faubourg ;
Sur son seuil, un enfant qu'à rire il accoutume,
Lui dit : « Père, entre et vois notre soupe qui fume ! »
Un autre marmot blond, en trébuchant, accourt ;

Et la mère joyeuse, avec sa mine accorte,
S'empresse d'attiser dans son étroit foyer
La flamme que le vent fait parfois ondoyer.

Alors, l'ange béni qui veille à chaque porte,
Sur tous ces fronts heureux jetant un doux regard,
Dit : « Mon Dieu, de ton Ciel j'ai conservé ma part ! »

## II.

La nuit sur le hameau courbe son aile noire ;
Dans les chemins étroits, les chevaux de labour
Traînent les chars massifs, en pressant leur retour ;
Les taureaux, en beuglant, dans le ruisseau vont **boire.**

Sous le tilleul ombreux qui lui sert de prétoire,
Un vieillard vient s'asseoir : on l'entend tour à tour
Parler pluie ou beau temps ; sur les labeurs du jour
Louer ou gourmander son rustique auditoire.

Par la porte entr'ouverte, on voit l'âtre joyeux
Resplendir follement au reflet de la flamme.
Que parfois assombrit le profil d'une femme ;

Pendant qu'un vieux roquet, aux poils courts et rugueux,
En écoutant bouillir la grondeuse marmite,
Surveille, gravement, un matou qui médite.

# AU FOND DES BOIS

J'écoute le bruit qui tombe
Avec le jour dans les bois.
Eugénie de Guérin.


Quand le soleil va cachant,
Sous la pourpre du couchant,
    Sa pompe ;
Le lac, limpide miroir,
Des brunes ombres du soir
    S'estompe.


Comme au feu reluit l'acier,
Le front pâle du glacier
    S'irise
De quelques rayons encor
Que le beau nuage d'or
    Tamise.


Voilà l'heure où bien souvent,
Comme un amoureux fervent
    Qui rêve,
Je vais écouter les voix
Qui chantent au fond des bois
    Sans trêve !...

Je vais comptant les soupirs
Qu'adressent les blonds zéphirs
        Aux nues,
Et j'entends rire l'ondin,
Quand les nymphes vont au bain
        Trop nues...

Des romances des grillons,
Bruyants ténors des sillons,
        J'écoute
Les refrains fastidieux,
Que l'écho capricieux
        Redoute.

De tout murmure imprudent
Je me fais le confident :
        J'accueille,
En ami sûr et discret,
Ce que dit au vent distrait
        La feuille...

Je sais le chant du roseau
Quand l'arbre dit à l'oiseau :
        — Je t'aime ! —
Et je traduis des buissons
Tous les amoureux frissons,
        De même.

Chacun me traite en ami :
La fauvette et la fourmi,
    Sans crainte,
Me font part de leurs chagrins,
Et je reçois des tarins
    La plainte...

.... Car, hélas ! j'ai tant souffert,
Que mon cœur, à livre ouvert,
    Sait lire
Ce mot que dans la douleur
Homme, oiseau, zéphir ou fleur
    Soupire !...

# VIENS !

---

Viens, aime, oublions le monde,
Mêlons l'âme à l'âme, et vois
Monter la lune profonde
Entre les branches des bois !

V. H.

Viens ! c'est l'heure où, pensif, l'amant ou le poète
Va chercher à l'écart quelque douce retraite ;
Où, seul avec son rêve, il oublie un instant
Le bruit tumultueux de la foule et du monde,
Suivant d'un œil distrait, la course vagabonde
    D'un nuage flottant....

C'est l'heure où, d'un rayon qui doucement le frôle,
Dans les vallons ombreux, s'argente le vieux saule ;
Où, sur le lac qui dort, d'indécises lueurs
Passent en tremblotant sur la vague et l'écume,
Laissant, dans le lointain, se mêler à la brume
    D'idéales vapeurs...

C'est l'heure où, dans son nid, se blottit l'hirondelle ;
Où vers les hauts glaciers revient à tire-d'aile,
Riche de son butin, l'aigle au vol foudroyant ;
L'heure où la sombre nuit, égrenant les étoiles,
Comme une broderie, attache à ses longs voiles
      Son écrin flamboyant !

Viens ! nous irons joyeux, les deux mains enlacées,
A travers les taillis dont les branches cassées
De feuilles et de fleurs jonchent l'étroit chemin ;
Je cueillerai pour toi la sauvage anémone
Que tu pourras demain, en tressant ta couronne,
      Mêler au blanc jasmin.

Viens ! je pourrai revoir sur ta bouche mi-close
Ce sourire enivrant où mon baiser se pose,
Où pour puiser l'amour sans cesse je reviens,
Et ton œil me dira, dans son ardente flamme,
Ce que jamais encor aucuns regards de femme
      N'auront su dire aux miens !...

Nous irons écouter, sous l'épaisse ramure,
De tous les bruits du soir le ténébreux murmure
Arrivant jusqu'à nous par l'espace affaibli ;
Et tous deux, nous berçant dans notre rêverie,
Nous mettrons un instant, si tu le veux, Marie,
      L'univers en oubli !

# LA VOIX DU VENT

Quelles voix passent plaintives
Dans les créneaux du manoir ?...
Les grands vitraux des ogives,
Pourquoi tremblent-ils le soir ?...
Sous le pignon des tourelles
Qui vient sanglotter souvent ?...
— Fridda, ces plaintes sont celles,
  Sont celles du vent ! —

Qui fait grincer les lanternes
A la cime des donjons ?
Qui gémit sous les poternes ?...
Qui pleure dans les ajoncs ?...
Pourquoi les vieilles poutrelles
Craquent-elles si souvent ?...
— Fridda, ces plaintes sont celles,
  Sont celles du vent. —

Dans la haute cathédrale,
Quand a sonné l'Angélus,
Une note musicale
Vient allonger l'Orémus...
Ou bien un bruit de crécelles
Aux chantres répond souvent...
— Fridda, ces notes sont celles,
   Sont celles du vent. —


Sur la grève, où l'on s'embarque
Dans les beaux soirs enchantés,
Sœur, qui vient bercer la barque
Sous les saules argentés?...
Aux fragiles balancelles
Qui prête une aile souvent?...
— Fridda, ces ailes sont celles,
   Sont celles du vent. —


De la forêt, quand j'écoute
Tous les bruits mystérieux,
Sœur, dis-moi qui sous la voûte
Murmure un refrain pieux ?
Harpes ou violoncelles
Qui me font pleurer souvent...
— Fridda, ces rumeurs sont celles,
   Sont celles du vent. —

Je croyais que la tempête
Sur les sombres océans,
Sœur, était la seule fête
Que Dieu permît aux autans...
Ici-bas, à ces rebelles
Il pardonne donc souvent,
Puisqu'aux choses les plus belles
    Il mêle le vent !...

# UN OPÉRA DANS LE BUISSQN

## VARIATIONS PRINTANIÈRES

### RÉCITATIF

Ils étaient deux dans les grands bois,
Tous deux chanteurs aux douces voix,
L'un rossignol, l'autre poète ;
Ils écoutaient, tout en rêvant,
Le saule qui toujours mouvant
Sur les ruisseaux courbe la tête.

Ayant au cœur mêmes amours,
Ils se tenaient mêmes discours,
L'homme et l'oiseau fondaient leur rêve...
Leurs âmes pleines de chansons
Semblaient planer sur les buissons
Ainsi qu'une aube qui se lève.

— Sous le ciel tout est endormi :
Rossignol, mon tant doux ami,
L'âme du jour s'est envolée...

Vois ! le soir gris brunit les eaux...
« Pour bercer les petits oiseaux,
Jette en l'azur ta note ailée !

« De chaud duvet environnés,
Dans les nids, tous les nouveau-nés
Agitent leur aile frileuse ;
Pour qu'ils dorment toute la nuit,
Toi qui d'amour sais le déduit,
Rossignol, chante une berceuse !

« — Frère, répond le musicien,
Pour toi, poète, je veux bien
Chanter l'amour sous la ramée :
Je te dirai, mais sois discret,
Frère, — c'est un si grand secret ! —
Où demeure ma bien aimée...

« Je te dirai tout bas, tout bas,
Pour qu'un merle n'entende pas,
Où notre petit nid repose ;
Car, poète, il faut y songer,
Vite il nous faudrait déloger
Si le bavard savait la chose !... »

# PRÉLUDE

Do... do... do...
Fa, sol, si, ré !
Je chanterai,
— Do, ré, mi, sol, —
En si bémol,
Chansons si belles,
Refrains si doux
Que les hiboux,
— Sol, fa, ré, do, —
Criant : « Bravo ! »
Battront des ailes...

## ROMANCE

Je sais un coin sur terre
A nul autre pareil,
Un Eden solitaire
Tout vêtu de soleil.
Je sais une rivière
Où l'onde sur la pierre

Va gazouillant toujours ;
Sur l'aubépine blanche,
Je connais une branche
Qui garde mes amours...

C'est là-bas près des aulnes
Où, sur les flots plus lents,
Les grands nénuphars jaunes
S'endorment nonchalants ;
Des guirlandes fleuries,
Comme des broderies,
Courent aux alentours ;
Là vit ma bien-aimée,
Sous la fleur parfumée,
Protégeant nos amours l

Nous avons même rêve,
Même cœur à nous deux ;
Même espoir qui se lève
Sur nos horizons bleus !...
Rien pour nous n'est tristesse ;
Notre unique richesse
C'est tout l'or des beaux jours ;
L'eau, les fleurs, le zéphire,
Frère, savent suffire,
Suffire à nos amours l...

## REPRISE

Do... do... do...
Fa, ré, mi, sol !
Reprends ton vol,
Ma voix sonore :
La, sol, ré, mi,
Mon doux ami,
M'écoute encore :
Je lui dirai
— La, sol, mi, ré, —
Un air si tendre
Que tout écho
— Fa, mi, ré, do, —
Voudra l'entendre !...

## BERCEUSE

La brise balance
Les frêles buissons,
Sa lente romance
Endort les pinsons ;
Dans votre couchette,
Sans peur des hiboux,
Petite fauvette,
Vite, endormez-vous !

La lune frileuse,
En blanc domino,
Semble une veilleuse
Derrière un rideau ;
Sa lueur, si douce,
Caresse les houx ;
Dans vos nids de mousse,
Vite, endormez-vous !

Les cieux, vêtus d'ombre,
Changent de décor,
Sur leur voûte sombre
Brillent des yeux d'or ;
Ce sont des yeux d'anges
Qui veillent sur nous ;
Linots et mésanges,
Vite, endormez-vous !

## ACCORDS

Do... do... do...
Si, fa, sol, ut.
Chacun dit : « Chut ! »
Sous la feuillée...
Pourtant ami,
— Fa, sol, ré, mi, —

Près du bouleau,
La voix de l'eau
Reste éveillée.
— Si, la, sol, fa, —
L'onde s'en va
Vers d'autres grèves,
— Do, fa, sol, si. —
Comme elle aussi
S'en vont les rêves !...

———————

# LES VIEILLES ÉGLISES

A quoi songent les cathédrales
Quand leur porte est close la nuit ?
Quand, comme un œil d'ange qui luit,
La lampe vient blanchir les dalles ?
Lorsque la lune, aux rayons pâles,
Aux grands vitraux frappe sans bruit
Et, comme un larron, s'introduit
Au bord des couches sépulcrales,
A quoi songent les cathédrales ?

Debout sous les sombres piliers,
Que disent-ils les saints de pierre ?
Et dans leur armure de guerre
A quoi songent les chevaliers ?
Sur leur tombe aux blancs escaliers,
Brandissant lance ou cimeterre,
Quand la lune, perçant le verre,
Allume les grands chandeliers,
A quoi songent les chevaliers ?

— Ils songent aux pages d'histoire
Dont l'heure présente se rit.
A ce nom sur le marbre inscrit
Qui seul conserve leur mémoire...
Et les vieux saints de pierre noire
Parlent entr'eux de Jésus-Christ !
Aux ruses du malin esprit,
Dont ils ont su tirer victoire,
Songent les saints de pierre noire.

... Mais le temple où pleure et gémit,
Le jour, la pauvre foule humaine,
Comme un ami garde la peine
Des voix dont sa voûte frémit !
Quand le soir triste qui blêmit,
Tombe sur l'église sereine,
Un soupir doux comme une haleine,
Echo des vœux qu'on lui transmit,
Passe en la voûte qui frémit !

# TERRE MORTE

O lune ! lune si triste et si belle !
Es-tu vierge, es-tu mère ?...
Georges Sand.
(Les sept cordes de la lyre.)

Sous la mouvante ogive
De son palais d'argent,
Aux cieux toujours captive,
La lune va songeant...

La pâle solitaire,
Au bord du sentier bleu,
Chaque soir, à la terre
Vient jeter un adieu :

« Sœur, je m'en vais, dit-elle,
Seule au fond de l'éther,
Dans ma course éternelle,
Portant mon deuil amer.

« Pauvre planète morte
Que le froid engourdit,
La loi fatale emporte
Mon triste sol maudit.

« Je suis spectre et fantôme !
Et, du sombre infini,
Je parcours le royaume,
Comme un monde banni.

« Je vais sans but, ni trêve,
Sans espoir pour demain !
Ainsi qu'on fuit en rêve,
Je poursuis mon chemin.

« Dans le ciel balancée,
Comme un morne flambeau,
Toujours triste et glacée,
Je ne suis qu'un tombeau !

« Que m'importe si l'heure
Me ramène le jour,
Puisqu'ici nul ne pleure
Sa fuite ou son retour ?

« Puisque dans mes bois sombres
On ne voit plus d'amants,
Que m'importent les ombres
Sur mes grands lacs dormants ?

« Nul n'entend plus les brises
Qui sanglotent parfois ;
Des hautes vagues grises
Nul n'entend plus les voix !

« Qu'importent les tempêtes
Et leurs bruyants efforts,
Puisqu'il n'est plus de fêtes
Sur aucun de mes ports !...

. . . . . . . . . . . . . . . . . . . . . . . . . . . . . . . . . .

« Sœur, comme toi féconde,
J'eus des jours triomphants :
L'été, la gerbe blonde
Couronnait mes enfants.

« J'eus des races vaillantes,
Des fils fiers et nombreux :
J'eus des villes bruyantes
Et des sentiers poudreux.

« J'étais gloire et lumière !
Et mes soirs étaient doux...
Le matin j'étais fière
Du soleil mon époux !

« Mais Dieu qui me fit belle
D'un souffle et d'un regard,
Sur mon grand front rebelle
Mit un voile blafard !

« Comme une ombre j'assiste
Aux fêtes de l'azur,
Je suis la mère triste
Traînant son deuil obscur !

« C'est pourquoi sous l'ogive
De mon palais d'argent
Toujours blême et captive
Je vais seule en songeant...

« Si mon rayon s'attarde
Au ciel où je reviens,
Sœur, quand il te regarde
Plains-moi ! Je me souviens !... »

# LA FORÊT

Il est sur l'un des monts de ma vieille Savoie
Un coin sombre et sauvage où le chêne verdoie,
Dont les loups, en hiver, fréquentent les sentiers ;
Où croissent, sans fleurir, de chétifs églantiers ;
Où, sur les rochers gris qu'argentent les cascades,
Le sapin vient ployer ses rameaux en arcades;
Retraite que les vents, ces pleureurs éternels,
Troublent de leurs accords tristes et solennels.
C'est la haute forêt, noire, sourde et profonde
Dont chaque arbre a vécu tous les âges du monde,
Géant que l'Eternel, sortant de son repos,
Fit germer, le premier, des ferments du chaos.
Des secrets du passé muets dépositaires,
Ces arbres sont du Ciel fièrement tributaires,
S'inclinant seulement sous le souffle puissant
De l'orage qui peut les briser en passant.
Quand pendant les hivers, les froides avalanches
De givre et de glaçons viennent roidir leurs branches,
Et qu'on voit se dresser sous les cieux étoilés,
Dans le sombre horizon, ces pins échevelés,

On dirait, se drapant chacun dans leur suaire,
Des cadavres sortis de leur morne ossuaire...
Et l'été, quand le bruit s'éteint dans les vallons
Gravissant des glaciers les rudes échelons,
Il semble qu'on entend sous ces rameaux mobiles
Les chansons des hameaux et les plaintes des villes...
Là se perdent les voix de l'effrayant concert :
Chants, larmes, cris, sanglots, vent qui vient du désert,
Brise qui sur nos lacs fait avancer la barque,
Source où vient s'abreuver quelque nouveau Pétrarque,
Beuglement des troupeaux au pacage attardés,
Bruits grondeurs des torrents de leurs lits débordés,
Le pas lourd des grands bœufs cheminant sur la route,
Le bêlement plaintif de la chèvre qui broute,
Tout s'arrête et tout meurt sous ces arceaux mourants,
Seuil que ne franchit pas le regard des vivants !...

Que dites-vous le soir, en rapprochant vos têtes,
Vieillards?... Racontez-vous les vents et les tempêtes
  De vos premiers printemps ?
Alors qu'en vos bourgeons coule ardente la séve,
Remontez-vous encor, comme on fait en un rêve,
  A l'aurore des temps ?

Pour parler entre vous des secrets d'un autre âge,
Tantôt vous empruntez l'âpre voix de l'orage
  Et ses rudes accords ;
Tantôt, comme un soupir de bouches inconnues,
Passent, en se perdant dans les replis des nues,
  Les chants de nos vieux morts...

Ah ! combien vous pouvez nous rappeler de choses,
Vous qui vîtes passer, sous vos ombres moroses,
    Tant de fiers conquérants !
Annibal, entraînant ses vaillantes cohortes ;
César qui, pour briser de nos villes les portes
    Sur nos pères mourants,

Dut, sentier par sentier, conquérir son passage.
O sapins ! dites-nous si dans l'affreux carnage,
    On vit vos troncs rugueux
Se rougir noblement du sang de nos ancêtres
Quand sur les rocs ardus, pour en rester les maîtres,
    Ils combattaient fougueux.

Combien d'autres encor passèrent sous votre ombre !...
Bonaparte, chargé de ses lauriers sans nombre,
    S'en allant rude et fier,
Suivant l'ambition, sa fatale maîtresse,
Qui sur ce front géant posait, pleine d'ivresse,
    La couronne de fer.

Que de fois les échos endormis sous la neige,
Tout d'un coup réveillés par l'effrayant cortége
    D'étrangers aux pas lourds,
N'ont-ils pas, dans les airs, répondu par la plainte
Aux sinistres accents d'une cloche qui tinte,
    Réclamant du secours !

Mais votre sol foulé par ces vaillantes races,
O chênes ! n'a point su nous en garder les traces

Comme un royal blason ;
Il suffit pour cacher quelque héroïque tombe
De la mousse qui croît, de la feuille qui tombe
Ou d'un peu de gazon !

Et de tout ce passé glorieux qui flamboie
Il ne te reste, hélas ! pauvre chère Savoie,
Que des noms en oubli...
Sur ton sol bien-aimé, ta croix blanche, si fière,
Ne reflètera plus ce soleil qui, naguère,
Illuminait son pli !

Maintenant, ce n'est plus quand la brise frissonne
A l'appel du tocsin que la voûte résonne
Dans la noire forêt,
Un seul bruit, par instant, — le marteau sur l'enclume,
Fait vibrer, en sortant de l'usine qui fume,
L'écho morne et distrait.

# MAGENTA

## 1871

Qu'ils étaient beaux tes fils, ô ma grande patrie,
Quand d'un bras valeureux et d'un poignet de fer,
Brisant les durs liens de la vieille Italie,
Ils chassaient, à jamais, des champs de Lombardie
      L'aigle farouche et fier !

France, qu'ils étaient beaux dans la chaude mêlée
Alors qu'en souriant ils bravaient le canon !
Frayant sa large route à la victoire ailée,
Ils faisaient tressaillir l'écho de la vallée
      En invoquant ton nom !

. . . . . . . . . . . . . . . . . . . . . . . . . . . . . . . . . . . . . .

Et maintenant, couchés sous cette herbe flétrie
Que les vents et l'hiver ont fait choir sur vos fronts,
O morts, entendez-vous, dans votre rêverie,
Comme un écho lointain, la voix de la patrie
      Qui pleure ses affronts ?...

Soldats, entendez-vous la France désolée
Qui vers chaque horizon jette son triste appel,
Mais qui, fière et sanglante et de tous isolée,
Dédaigne cet espoir d'être un jour consolée
    De son deuil maternel !

« Oh ! mes preux où sont-ils ?..Ceux que j'ai vus naguère,
Jeunes et souriants à leur rêve vermeil,
Partir, enfants joyeux, pour quelque sainte guerre,
Dites-moi sous quels cieux et sur quelle autre terre
    Ils dorment leur sommeil !

« Oh ! dis-moi, qu'as-tu fait de mes fils, Italie ?...
De ceux qui, t'arrachant à ton rude geôlier,
Quand tu tendais la main, languissante, affaiblie,
Te rendirent, un jour, fière, forte, ennoblie,
    A ton roi chevalier ?...

« Magenta ! Palestro ! Solferino ! batailles
Où d'un sang jeune et pur j'arrosais ton drapeau,
N'ai-je pas pour payer ces chaudes représailles,
Su donner, ô ma sœur, le fruit de mes entrailles,
    Sans murmure, au tombeau !

« Hélas ! moi seule sais ce que la gloire est vaine !
Car seule je prêtais, sans jamais les compter,
Contre tous les tyrans de la famille humaine,
Mes trésors et mes fils...A ma main toujours pleine
    Rien ne semblait coûter !

« Chaque peuple a son temple ou sa colline sainte
Où, près de ses héros, dorment mes preux enfants...
Toute place où l'on meurt de leur sang reste teinte :
Chaque ville conquise a conservé l'empreinte
    De leurs pas triomphants !

«O mes guerriers vaillants ! quand sous les coups je tombe,
Dormirez- vous encor ?... Du sinistre étranger,
Sur mon sol dépouillé, passe l'horrible trombe...
Ah ! Seigneur, laissez-moi réclamer à la tombe
    Mes fils pour me venger ! »

. . . . . . . . . . . . . . . . . . . . . . . . . . . . . . . . . . . . . . . . . . . . . . . . . . . .

Le silence répond à la mère qui pleure
En songeant à l'exil de ses chers endormis...
.... Et le vent des grands monts qui frissonne à cette heure,
D'un souffle fait ployer le gazon qu'il effleure
    Sur tous ces fronts blêmis...

Pourtant, vers l'horizon, la cité milanaise,
Orgueilleuse et superbe en sa prospérité,
Chante, rit et bourdonne, effroyable fournaise,
Où s'agite, s'émeut, crie, éclate ou s'apaise
    Un peuple en liberté.

Mais ici plus de bruits, plus de chants, plus de fêtes...
Plus de ces chauds élans que ton âme enfanta !
L'oubli, le sombre oubli payera tes conquêtes,
O France ! car toi seule en soupirant répètes
    Le nom de Magenta !

# A VICTOR HUGO

ODE.

_____

*Il marche, car il sait où son œuvre le mène.*

Maître, Jésus disait : « Heureux celui qui donne,
« Bienheureuse la main qui s'entr'ouvre en mon nom !
« L'aumône est une fleur que mon Père moissonne,
« Qu'au ciel il paiera d'amour et de pardon. »

Que te réserve-t-il pour le bien que tu sèmes,
Poëte dont le cœur s'émiette pour chacun !
Qui fit naître un sourire où grondaient les blasphèmes,
Dont les pleurs, en tombant, se changent en parfum...

Quelle part te donner à toi, l'esprit sublime,
L'âme qui fut l'écho de chaque vérité,
Le champion du droit ou la fière victime,
Inflexible et superbe en ta sérénité !

Cette part ce n'est point l'éphémère couronne
Que la gloire attacha sur ton front rayonnant,
Hochet futile et vain dont l'éclat monotone
Pour toi, grave penseur, n'a plus rien d'attrayant !...

## 13

Ce n'est point la richesse, orgueilleuse en son faste ;
Le pouvoir entouré du prestige mondain ;
L'idolâtre clameur d'un peuple enthousiaste,
Ce triomphe d'un jour, souvent sans lendemain...

Non, ta lèvre n'est point la lèvre qui s'abreuve
A ce fleuve bourbeux qu'on nomme le plaisir...
Dieu garde pour ta soif tout le fiel de l'épreuve,
La souffrance est la part qu'il voulut te choisir.

Ton front n'est point de ceux que la joie illumine :
« Souffrir étant ton lot », pleurer est ton destin !
Jour par jour, le malheur en ta maison butine
Quelque fleur, souvenir de ton jeune matin.

Si, courbé par le sort, quelquefois tu demandes
Le pourquoi des sanglots qui soulèvent ton sein,
Pourquoi sur cette croix Dieu veut que tu t'étendes,
Pourquoi l'amer calice est toujours, toujours plein !...

Dans la nuit qui se fait au dedans de ton âme,
Maître, n'entends-tu pas la voix de Jéhova
Te crier : — O lutteur, l'avenir te réclame,
Marche, car sur tes pas tout un peuple s'en va !

Marche, malgré l'affront, l'injure et la huée !
Poète, devant toi mes Cieux restent ouverts !
Marche, car tu verras l'éclatante nuée
Qu'Israël entrevit dans les sombres déserts !...

Tu seras le voyant ! tu seras le prophète !
De tous les hauts sommets, découvrant le chemin,
Sans cesse, dans les vents, la foudre et la tempête,
Réste le timonier du pâle genre humain !

Verse ton cœur, ton âme et tes pleurs sur la foule ;
Donne-toi tout entier sans jamais te lasser.
Que ta sainte douleur soit le baume qui coule
De l'arbre que le fer aigu vient de blesser ! —

Oui, Maître, c'est bien là ton âpre destinée !
Toujours meurtri ! toujours saignant ! toujours brisé !
Mais, sublime en sa foi, ta grande âme obstinée
Courbe sous le malheur un front cicatrisé !

Et tu dis : « Je serai, sur le bord de ce gouffre
Que le mal a creusé dans ce temps vermoulu,
La voix qui crie encore à chaque être qui souffre :
— Tout martyr ici-bas est au Ciel un élu ! »

D'autres vont s'en aller en ayant la main pleine
D'amour, de volupté, de richesses, d'honneurs ;
Toi, tu t'endormiras, la figure sereine,
Riche de tout le bien que tu fis à nos cœurs !

# L'ABSENTE.

A M. QUI L'AIMAIT.

Elle revenait joyeuse
Du pays des fiers sultans
L'hirondelle voyageuse,
Un beau matin de printemps.

Elle apportait sous ses ailes,
Pour les jeunes écoliers,
Toutes les chansons nouvelles
Des rustiques chameliers.

Elle savait tant de choses
De ce pays enchanté !
La mer, l'ouragan, les roses,
L'azur qu'elle avait quitté ;

Le vieux palais des rois maures
Dont s'écroulaient les lambris,
La cour où les sycomores
Formaient de sombres abris.

Tout serait joie et merveille
Pour les enfants des hameaux ;
Elle conterait Marseille,
Elle conterait Bordeaux...

Ah ! comme elle était joyeuse,
Volant dans les airs rougis,
L'hirondelle voyageuse
S'en revenant au logis !

— Voici l'Aude et Carcassone ;
Nîmes n'est pas loin d'ici...
Je dînerai sur l'Yonne,
Ce soir, j'atteindrai Nancy...

D'un coup d'aile, je dépasse
Les bourgs du pays lorrain,
Puis j'arrive, heureuse et lasse,
Sur les bords fleuris du Rhin...

Et quand les vieux au village
Sous les ormes vont s'asseoir,
Dans mes habits de voyage,
J'irai leur dire : Bonsoir !

Je serai la bienvenue
Je dirai : « Soyez contents !
« L'hirondelle est revenue,
« Voici, voici le printemps ! »

Ah ! comme elle était joyeuse,
Passant la plaine et les bois,
L'hirondelle voyageuse
Songeant aux nids d'autrefois !

. . . . . . . . . . . . . . . . . . . . . . . . . . . . . . . . .

Deux jours après, la pauvrette
Criait seule sur l'ormeau :
« Où donc est la maisonnette ?
« Où sont les gens du hameau ?

« Dites-moi, car je l'ignore,
« Qu'a-t-on fait du vieux clocher ?
« Près du drapeau tricolore,
« Tous les ans j'allais nicher...

« Du curé j'étais voisine ;
« Souvent, pour me reposer,
« Avec Barbe en sa cuisine,
« Sans façon, j'allais causer...

« Barbe était vieille et, peut-être,
« Dort-elle sous le gazon...
« Savez-vous pourquoi son maître
« N'est plus là dans la maison ?

« Oh! répondez-moi, de grâce,
« Où sont-ils tous mes amis ? »
— Oiseau, dans les champs d'Alsace
Ont passé les ennemis !... —

. . . . . . . . . . . . . . . . . . . . . . . . . . . . . . . . . . . .

Qu'elle était triste et songeuse
L'hirondelle à son retour !...
A la pauvre voyageuse
Puisse Dieu penser un jour !

# LA FLEUR DU TEMPLE.

A C***.

Sur le vieux clocher de l'église,
A l'abri d'un sombre pilier
Dans les joints d'une pierre grise,
Croît un chétif violier.

La plante avec ses tiges frêles
Couvre les fentes du granit
Où tous les ans deux hirondelles
Reviennent suspendre leur nid.

Parfois, quand les oiseaux se posent
Un instant sur la vieille croix,
Le passant les entend qui causent
Avec la fleur à demi-voix :

« Ah ! disent-ils, pauvre fleur pâle,
« Que ton destin nous semble amer !
« Toi sur qui souffle la rafale
« Pendant les longues nuits d'hiver ;

« Comment peux-tu vivre captive
« Sous ces arceaux où du soleil
« Jamais rayon joyeux n'arrive
« Pour t'égayer à ton réveil ?

« De tous les bonheurs de la vie,
« Hélas ! tu n'en connais aucun !...
« Sous cette pierre ensevelie,
« Pour qui gardes-tu ton parfum

« Puisque nul œil sur notre terre
« Ne te cherchera dans ce lieu ?... »
« — Ah ! leur répond la solitaire,
« N'ai-je pas le regard de Dieu ?

« Seul, il me voit et me contemple,
« Qu'ai-je besoin d'un autre appui ?
« Oiseaux, je suis la fleur du temple
« Dieu garde mes parfuns pour lui ! »

# LES CHERCHEUSES D'AZUR.

Quand le givre a transi les rameaux bruns des chênes,
Quand la rose a senti l'étreinte du verglas,
L'hirondelle, en rêvant aux parfums des lilas,
Va chercher le ciel bleu sur les plages lointaines.

Il lui faut des matins les suaves haleines,
Des beaux soirs du désert les lumineux éclats,
Les rayons de soleil, filtrant sous les toits plats,
Et les vagues frôlant les rives africaines !

— Dans notre monde étroit, triste et brumeux séjour,
Les âmes sont aussi des oiseaux de passage
Vers l'Orient divin s'enfuyant tour-à-tour...

Ces chercheuses d'azur, sans souci du naufrage,
Un soir prennent leur vol... hélas ! de leur voyage
Nul printemps, parmi nous, ne verra le retour !

## M. S.

—

12 MAI 1877.

—

Elles s'en vont les âmes blanches,
Les blanches âmes de vingt ans!
Ainsi que s'envolent des branches
Les fleurs des pommiers, au printemps.

Un vent inconnu les emporte
Loin de nos cœurs, loin de nos yeux...
L'azur nous rend la feuille morte,
Seules, les âmes vont aux cieux!...

On reverra les branches vertes,
L'an prochain, sous les fleurs ployer,
Mais las! en nos maisons désertes,
Rien n'égaîra plus le foyer!

# L'ARBRE DU CIMETIÈRE.

Près du mur écroulé, longeant le cimetière,
Il est un chemin creux que le soir rend désert ;
Et sur l'un de ses bords, comme un vieux solitaire,
    Vit un peuplier vert.

L'arbre croit ; chaque année, allongeant sa ramure,
Son ombre s'agrandit sur le funèbre enclos,
Et les morts, à l'abri sous sa frêle verdure,
    Goûtent mieux leur repos...

Quand la brise, en passant à travers le feuillage,
Module doucement d'indicibles accords,
Le passant croit ouïr, dans son triste langage,
    L'arbre parler aux morts :

« Dormez ! reposez-vous dans vos couches d'argile,
Enfant que Dieu reprit au milieu de ses jeux,
Jeune homme au cœur vaillant, vierge au regard tranquille,
    Vieillard aux blancs cheveux...

## 14

« Dormez pendant qu'au loin rugissent les tempêtes,
Que le flot des humains s'écoule dans la nuit,
Que le grillon caché dans l'herbe sur vos têtes
      Bourdonne à petit bruit..

« Le printemps sur vos fronts épanouit la rose ; .
Zéphir vient soupirer sous vos ombrages frais ;
L'oiseau chante en veillant sur la branche où repose
      Son nid dans le cyprès...

« Et moi, l'humble témoin d'un passé qui s'oublie,
Vieillissant près de vous, ô mes chers bien-aimés,
Je suis fier d'abriter sous une branche amie
      La place où vous dormez !... »

. . . . . . . . . . . . . . . . . . . . . . . . . . . . . . . . . . . . . . . . .

Puis quand l'automne vient, au souffle noir des brises,
Le peuplier jaunit . et frissonnant encor,
Secouant ses rameaux, couvre les tombes grises
      Avec ses feuilles d'or !

# ALLÉGORIE.

Un ruisseau serpentait, gracieux et limpide,
Sur les flancs d'un coteau dans les vergers fleuris.
Un torrent, près de là, bondissait intrépide
Emiettant sous son poids d'énormes rochers gris.

Le ruisselet pensif le regardait timide :
— Je voudrais, disait-il, en quittant mes abris,
Comme ce fier torrent, mugissant et rapide,
Rouler seul et vainqueur, entraînant leurs débris ! —

L'hiver la neige vint. Sortant de son domaine,
Notre ruisseau, grossi de ses flots courroucés,
Creuse, en courant, son lit dans les larges fossés,

Se disant : — A mon tour, je suis roi de la plaine ! —
Hélas ! Après deux jours d'impétueux élan,
L'ambitieux, surpris, rencontra l'Océan !

## SONNET.

---

Plus tard vous le saurez ce mot qu'on veut vous taire,
Jeanne, quand d'inconnu votre cœur s'emplira ;
Quand, ainsi qu'une fleur, votre âme s'ouvrira
Au souffle printanier qui nous vient de Cythère ;

Quand vous irez au bois, pensive et solitaire,
A l'heure où la fauvette en son nid dormira,
Jeanne, le rossignol alors vous le dira
Ce secret qui pour vous est encore un mystère...

Mais ce qu'oiseau ne sait, ce qu'ignore la fleur,
Ce que ne dira point l'étoile radieuse
Quand son rayon luira sur votre front rêveur,

C'est que ce mot si doux, chère enfant curieuse,
Plus tard assombrira votre bouche rieuse,
Car il est frère aîné de l'humaine douleur !...

## LES DEUX TRISTESSES.

Avez-vous vu le soir, sur la falaise brune
Où la vague brisée, en grondant, vient mourir,
Dans le ciel orageux, tout d'un coup, s'entr'ouvrir
    L'œil blafard de la lune ?

La mer, la triste mer, dans sa plainte importune,
Comme un lion vaincu, semble geindre ou rugir,
Pendant que l'astre pâle, en passant, fait blanchir
    Les sables de la dune...

Ces sanglots, ce regard ont chacun leur secret :
La mer est le forçat ; la lune est l'exilée ;
Toutes deux subissant un sinistre décret !...

Pour tout être, ici-bas, leur douleur est scellée ;
C'est pourquoi, la maudite et l'âpre désolée
N'échangent que la nuit leur éternel regret !

# LES SOIFS.

### SONNET.

Les palmiers, au désert, dans les sables arides,
Reçoivent de la nue un breuvage sauveur ;
Le fruit donne à l'enfant son humide saveur ;
L'aigle dans les rochers boit aux sources limpides ;

L'or apaise l'avare en ses rages cupides ;
D'un roi, l'ambitieux obtiendra la faveur ;
Le cilice du moine assouvit la ferveur,
Et le baiser suffit à nos lèvres avides ;

Mais le cœur altéré du divin idéal,
Oasis entrevue dans le désert du rêve,
Nid d'azur où s'épand l'éternel floréal,

Va cherchant, sans espoir, sans repos et sans trêve,
Dans les sentiers perdus de la céleste grève,
Le Nil mystérieux du monde Sidéral.

## SONNET.

Quand le flot, soulevé par l'effort de la houle,
S'agite, gronde et va, dans ses bonds convulsifs,
Inexorablement, vers les sombres récifs
Où sa masse brisée, en gémissant, s'écroule ;

Ne vous semble-t-il pas, à vous, les cœurs pensifs,
Voir passer des mortels la blême et triste foule
Que l'âpre mort poursuit vers la tombe, et qui roule,
Pêle-mêle, étouffant ses murmures plaintifs ?...

— La tempête et la mort quelquefois font silence ! —
Sur la mer apaisée, une barque s'élance,
Joyeuse, en oubliant la colère des flots ;

Ainsi l'homme après l'homme, au banquet de la vie
Un instant vient s'asseoir, et Dieu qui le convie
Cache à l'enfant rieur nos pleurs et nos sanglots !

# LA RUINE AIMÉE.

Un vieux toit qui s'effondre, un mur qui se lézarde,
Une porte par où le vent froid s'introduit,
Un grand vitrail brisé qui ressemble, la nuit,
A l'œil fixe et béant d'un mort qui vous regarde,

Voilà le souvenir que dans mon cœur je garde,
Le coin d'ombre où, parfois, un peu d'azur reluit,
L'épave d'un passé que le temps a détruit,
Rêve qui, tour-à-tour, me charme et me poignarde !...

Pauvre seuil que la mousse, en croissant, a caché !
Foyer dont un feu clair n'échauffe plus la cendre,
Pourquoi me gardez-vous par l'amour attaché ?...

— C'est qu'en songeant à vous sans pouvoir m'en défendre,
Il me semble revoir le reflet pur et tendre
Des soleils d'autrefois sur ce seuil ébréché !

Ai di che fûro con la mente riedi.
Alcardo Aleardi.

---

Je te revois encor, pauvre chère maison,
Que les vents habitaient dans la froide saison !
Le toit rouge où le givre, en hiver, étincelle ;
La gouttière où s'abreuve, en été, l'hirondelle ;
Le vieux volet qui geint sur le gond tout rouillé ;
Le mur gris qui se fend par le temps éraillé...
Je revois la fenêtre où la vitre irisée
Se mouillait, au matin, d'une larme rosée ;
Le cep dont les rameaux, tout chargés de raisins,
En festons tortueux, grimpaient chez nos voisins ;
Et l'escalier branlant toujours veuf d'une marche ;
Et le noyer courbé comme un vieux patriarche ;
Le jardin, le verger, la fontaine, l'étang,
Les deux saules pleureurs où s'abritait un banc.
O matins pleins d'azur ! ô beaux soirs pleins de rêves !
O soleil d'autrefois, tout joyeux tu te lèves
Quand mon regard se plonge en ces brumeux lointains
Où dort le souvenir des bonheurs enfantins !

Oh ! qui nous les rendra ces heures envolées !
Les blanches visions de nos nuits étoilées !
Le mirage doré d'un espoir triomphant
Qui planait, doux rayon, sur notre front d'enfant !
Qui nous rendra ces jours de paix et de lumière !...
Le baiser maternel ouvrant notre paupière
A l'heure où le soleil, frappant à chaque seuil,
Eveille pour chanter le merle et le bouvreuil !...

. . . . . . . . . . . . . . . . . . . . . . . . . . . . . . . . . . . . . . . . . . . . . . . . . . . .

Vous, les anges du rire, ô chères têtes blondes,
Enfants qui vous lassez en courses vagabondes
A poursuivre à travers les ondoyants sillons,
Dans leur vol inégal, tous les bleus papillons,
Savez-vous le bonheur qu'un de vos cris rappelle
A l'âme qui souvent sous la douleur chancelle,
Et quelle aube sereine, un instant, plane et luit
Sur le front du penseur quand, à votre doux bruit,
Le vent du souvenir sur ses ailes lui porte
Les parfums oubliés de sa jeunesse morte !

# UNE MORTE.

De la jeunesse, de la jeunesse
Un chant me revient toujours !

Ruckert.

Ami, la morte que je pleure
Mourut un doux soir de printemps,
Toujours, toujours, depuis ce temps,
Son souvenir en moi demeure...

Il semble que je vois encor
L'éclair de son jeune sourire
Et le rayon qui venait luire
Parfois sur ses longs cheveux d'or.

Si vous saviez qu'elle était belle,
Ami, la morte que j'aimais !
Je ne la verrai plus jamais,
Ma joie est partie avec elle.

Elle avait l'azur dans les yeux,
Au cœur l'amour, au front le rêve,
A sa bouche, comme une séve,
Montait le baiser radieux.

Sa main se tendait confiante,
Sans soupçonner l'ami trompeur ;
Elle allait, sans haine et sans peur,
Simple, crédule et souriante...

Elle voulait de tout un peu :
Elle aimait le rire et les larmes,
Parfois l'amour, parfois les armes,
La femme au bal et l'or au jeu.

Le soir sur quelque beau nuage
Ensemble nous allions rêver...
Cent fois, sans pouvoir l'achever,
Nous reprenions notre voyage.

Si j'étais triste elle disait :
— Buvons, ami, ta coupe est pleine,
Buvons la vie à longue haleine ! —
Et son espoir me séduisait...

Ses blanches ailes de colombe
Je ne les verrai plus jamais,
Et de la morte que j'aimais
Mon pauvre cœur n'est que la tombe ! —

Sans trop songer au lendemain,
Tous deux, nous allions par le monde
Comme si tout l'or de Golconde
Tenait dans le creux de sa main !

Libres et fiers, buvant l'eau pure
Du fleuve bleu de l'idéal,
Nous passions... ne sentant du mal
Ni le venin, ni la morsure...

Elle savait tant de chansons
Sur les bois, l'amour et les roses
Que ses deux lèvres n'étaient closes
Qu'à l'heure où dorment les pinsons...

. . . . . . . . . . . . . . . . . . . . . . . . . . . . . . . . . . . .

Et maintenant, quand sur ma route,
Las et courbé par le chagrin,
J'entends quelque jeune refrain,
Comme un souvenir, je l'écoute...

Mais rien ne peut me rendre, hélas !
Cette chère voix bien aimée,
Et cette bouche refermée,
Muette, dort sous les lilas !

Ami, la morte que je pleure
Mourut un doux soir de printemps,
Toujours, toujours, depuis ce temps,
Son souvenir en moi demeure !

Je ne la verrai plus jamais
La radieuse enchanteresse
Car, ami, c'était... ma jeunesse
La belle morte que j'aimais !...

# NOUVELLES PAROLES SUR DE VIEUX AIRS

# AMOURS D'AVRIL.

Rosette, il nous faut y songer,
Les prés ont leurs robes fleuries ;
Les pinsons vont emménager,
Rosette, il nous faut y songer...
Il s'agit, enfin, de loger
Notre amour et nos rêveries ;
Rosette, il nous faut y songer,
Les prés ont leurs robes fleuries.

Avril est le temps bienheureux
Où la nature perd la tête ;
Pour les fleurs et les amoureux,
Avril est le temps bienheureux.
Mon cœur, Rosette, est désireux
De prendre sa part de la fête,
Avril est le temps bienheureux
Où la nature perd la tête.

Faisons notre nid sous le toit
Comme celui des hirondelles ;
Dans ce Paris si grand, si froid,
Faisons notre nid sous le toit.

Puisque nos rêves ont le droit,
Rosette, de garder leurs ailes,
Faisons notre nid sous le toit
Comme celui des hirondelles.

En vérité, je te le dis,
Si petit que soit ce domaine,
Nous en ferons un paradis,
En vérité, je te le dis.
Et nos voisins, tout ébaubis,
Iront criant au phénomène !
En vérité, je te le dis,
Si petit que soit ce domaine.

Point de lambris, point de satin ;
On peut s'aimer sans tant de choses !
Là nous n'aurons, c'est bien certain,
Point de lambris, point de satin ;
Mais une chambre où, le matin,
Soleil sourit aux vitres closes...
Point de lambris, point de satin,
On peut s'aimer sans tant de choses !

Notre amour joyeux durera
Tant que celui de l'alouette ;
Pendant que le pré fleurira
Notre amour joyeux durera.
— Mais un jour l'hiver reviendra ..
— N'y pensons point encor, Rosette ;
Notre amour joyeux durera
Tant que celui de l'alouette !

# VILLANELLE.

Si je pouvais en agir à ma guise,
Dans mes transports, m'aidant du chalumeau,
Toujours, toujours je chanterais Denise !

Oui, sans frayeur que ma verve s'épuise,
Je rimerais villanelle et rondeau
Si je pouvais en agir à ma guise.

Puisqu'à parler Cupidon m'autorise,
Pour célébrer la perle du hameau,
Toujours, toujours je chanterai Denise !

J'irais cueillant les parfums de la brise,
Les pleurs du soir, les murmures de l'eau
Si je pouvais en agir à ma guise.

Et tout joyeux que mon chant les traduise,
En les mettant sur un rhythme nouveau,
Toujours, toujours je chanterais Denise !

Il ne faut pas qu'un refrain s'éternise,
Mais n'en sachant, pour lors, point de plus beau,
Si je pouvais en agir à ma guise,
Toujours, toujours je chanterais Denise !

## JEUNES AMOURS.

———

Au temps de mes jeunes amours,
Quand j'adorais Blanche ou Rosine,
J'allais faisant de longs discours
A l'hirondelle ma voisine ;
J'évoquais la nymphe et l'ondine ;
Aux étoiles j'avais recours,
Au temps de mes jeunes amours.

Je connaissais tous les détours
Et les sentiers de la colline ;
Je hantais les noirs carrefours
Que le soir la lune illumine ;
J'allais chantant sur la ravine
Les vieux tensons des troubadours,
Au temps de mes jeunes amours.

Pour procurer de frais atours
A Marinette la blondine,
A l'aube, j'allais tous les jours,
Dans les bois, chercher l'églantine ;
Mes doigts rencontraient une épine,
Mais mon cœur souriait toujours
Au temps de mes jeunes amours.

O pleurs versés, chagrins trop courts,
Flamme dont l'âme se calcine,
Fantômes après qui je cours,
Que votre perte me chagrine !...
Malgré moi, mon rêve s'obstine,
Parfois j'ai de soudains retours
Au temps de mes jeunes amours !...

Las ! le chemin que je parcours
Se couvre d'ombre et de bruine...
Adieu les grands yeux de velours !
Adieu la lèvre purpurine !
La mort est là qui tambourine...
Comme à ses coups nous restions sourds
Au temps de nos jeunes amours !...

# RONDEAU.

— Toujours ! toujours ! — c'est souvent dire
Un bien grand mot qui fait sourire
Tous les vieillards au front chenu.
« Ah ! disent-ils, il est connu
Ce refrain que jeunesse inspire !

« Lorsqu'à vingt ans l'on veut écrire
A Zoé, Marcelle ou Zémire,
Chacun signe (c'est convenu) :
        Toujours ! toujours !

« Plus tard, de peur de se dédire,
Rarement on ose souscrire
A ce serment trop ingénu ;
Le doute au cœur, las ! est venu
Que rien ne saurait nous suffire
        Toujours ! toujours ! »

# DÉPIT

RONDEAU.

———

Je veux aller, confiant en mon aile,
Au pays d'or où s'en va l'hirondelle
Pour m'enivrer d'azur et de parfums ;
Je veux aller, oubliant nos toits bruns,
Au doux pays où la nuit étincelle !

Vers l'oasis où le simoun rebelle,
En se frayant quelque route nouvelle,
Seul fait vibrer les échos importuns,
         Je veux aller !

Sous les palmiers où s'endort la gazelle
Pour y rêver sans que rien me rappelle
Le souvenir de mes amours défunts ;
Des jours passés pour n'en revivre aucuns,
Dans le désert, près du tigre, et... loin d'elle,
         Je veux aller !...

## RONDEL.

———

Mon pauvre cœur laisse dormir **ta peine,**
Ton grand amour il le faut oublier !

A tous les vents, pourquoi le publier ?
Pourquoi le dire aux bois, à la fontaine ?
Pourquoi vouloir qu'au nom de Madeleine,
L'écho du val puisse encor s'éveiller ?

Non, non ! Mon cœur, laisse dormir **ta peine**
Ton grand amour il le faut oublier !...

Ne sais-tu pas que toute plainte est vaine !
Que de tes pleurs on pourrait te railler ;
Ne sais-tu pas que le temps fait rouiller
Tous les anneaux de la plus forte chaine ?..

Mon pauvre cœur, laisse dormir **ta peine,**
Ton grand amour il le faut oublier !

———

# LAI.

---

Nonne pateline
Dont l'œil s'illumine,
    Fervent,
Quand moine rumine
Oraison latine
    D'Avent,
Sent dans sa poitrine
Son cœur, en sourdine,
    Mouvant.
Pour lors, j'imagine,
Satan qui butine,
    Souvent,
Ame d'Ursuline,
Sur l'humble béguine
    Levant,
Regard qui fascine,
Met Sainte Doctrine
    Au vent !...

---

# RONDEL.

Serment d'amour ne vaut pas une obole,
Un jour saurez qu'en ceci j'ai dit vrai.

Blonds escholiers, dont le cœur jeune et gai,
Pour chaque belle a tendresse frivole,
Comme eau qui fuit, passe votre parole
Lors que chantez ballade et virelai...

Serment d'amour ne vaut pas une obole,
Un jour saurez qu'en ceci j'ai dit vrai.

Feuille en l'azur moins vite ne s'envole,
Quand Aquilon des bois fait le déblai,
Que doux propos dit en un soir de mai,
A la beauté qui d'un galant s'affole.

Serment d'amour ne vaut pas une obole,
Un jour saurez qu'en ceci j'ai dit vrai.

# VIRELAI.

Comme le dit un vieil adage :
Chacun doit rester de son âge.

### I.

Fillette à quinze ans, c'est l'usage,
Faisant d'amour un badinage,
Sans trop rêver au mariage,
Comme le dit un vieil adage :
— Va brûlant sa poudre aux moineaux. —
La mère, souvent fort peu sage,
Dit: « Ce n'est rien qu'enfantillage !
« Plus tard, les soucis du ménage
« La retiendront près des fourneaux.
« Jeune pinson fait grand ramage ;
« Cœur de quinze ans est cœur volage ;
« Chacun doit rester de son âge ! »

### II.

Sylvain partout fait grand tapage :
Il a chevaux, maîtresse et page ;
Au bal, en ville, en équipage,
Il est roi de l'aréopage

De tous nos jeunes étourneaux.
Papa dit : « Ce n'est pas dommage,
« Chacun doit rester de son âge...
« A vingt ans le rire soulage ;
« Jeunesse, amour sont des défauts
« Auxquels on doit livrer passage !...
« — Gourme jetée est bon présage. —
« Comme le dit un vieil adage. »

### III.

Raymond, vieillard du voisinage,
N'a point mis son cœur en chômage...
Et souvent, tout bas il enrage
Quand Barbe, dame aux airs rustauds,
Lui dit qu'amour et radotage
Ne furent point frères jumeaux...
« Chacun doit rester de son âge,
« Monsieur, croyez mon témoignage,
« Il est temps d'entrer en sevrage...
« Vieux vaisseau doit craindre naufrage
« Et, comme dit un vieil adage,
« — Herbe tendre à jeunes chevreaux... — »

### IV.

Chloé, coquette au vieux plumage,
Craignant de voir sur son visage
— « Des ans l'irréparable outrage. » —
Fait manœuvrer brosse et pinceaux.

« Ah ! dit un malin personnage,

« Chacun doit rester de son âge :

« Lait, pâte, onguent, philtres nouveaux.

« N'amincissent pas le corsage...

« Et bientôt nous verrons, je gage,

« Malgré sa peine et ses travaux,

« Du vieux mur tomber le plâtrage,

« Et du bois craquer le placage... »

Comme le dit un vieil adage :

—; Chacun doit rester de son âge. —

# CHANT MALAIS.

## IMITATION.

De Mahel Malidha la noire chevelure
Est un souple manteau qui s'étend sur ses pieds ;
De Mahel-Malidha c'est la sombre parure
Que roulent, chaque jour, ses beaux doigts déliés. ]
Oh ! si de ses cheveux j'avais la longue tresse
J'en banderais mon arc et j'irais fièrement,
Dans son antre attaquer la sauvage tigresse,
  Sans peur de son rugissement !

De Mahel-Malidha cette sombre parure
A l'enivrant parfum du suave baumier ;
On croit voir la liane en la forêt obscure
En flexibles rameaux, tomber du bananier ;
Son œil de la panthère a la douceur féline,
On ne voudrait mourir que d'un de ses regards :
Elle aspire le vent par sa souple narine
  Comme font les fiers léopards.

Son œil de la panthère a la douceur féline ;
Ses lèvres du corail ont la chaude rougeur ;
Son sein rend plus ardents les rêves du Bramine ;
Sa taille a du palmier la grâce et la rondeur.
Pour sentir sur mon front son haleine de braise
Je voudrais me damner en reniant Bouddha !
Je donnerais mon kriss et ma lance malaise
     Pour un soupir de Malidha !

## PETITS SENTIERS.

—

Petit sentier sur le galet
Qui va du village à l'école,
Combien de fois dans ta rigole
Un gamin, jouant au palet,
N'a-t-il pas fait la cabriole,
Petit sentier sur le galet ?...

Petit sentier vert et fleuri,
Bordé de blanches paquerettes,
A voir tes allures discrètes,
Tu dois être le favori
Des juvéniles amourettes,
Petit sentier vert et fleuri !...

Petit sentier qui va seulet
A travers les blés dans la plaine,
Est-ce pour tromper Madeleine
Ou pour allonger son trajet
Que tu t'égáres sous le chêne,
Petit sentier qui va seulet ?

Petit sentier si ténébreux,
Quand le bois met sa robe brune,
Vois-tu, le soir, rire la lune
Sur le front des blonds amoureux
Quand l'ombre laisse une lacune,
Petit sentier si ténébreux ?... —

Petit sentier triste et désert,
La saison des fleurs est passée ;
Sous la feuille jaune et froissée
Chaque pas d'amoureux se perd...
L'herbe transie est verglacée,
Petit sentier triste et désert.

Petit sentier sous le cyprès,
Tu mènes chacun vers sa tombe...
Sur tes bords tous les jours retombe,
Sans plus se relever jamais,
L'homme ou l'enfant, aigle ou colombe,
Petit sentier sous le cyprès !... —

# RÊVE.

—

Veux-tu dans la solitude
Nous mettre à nous adorer ?
V. H. (Contemplations.)

Avril est la saison des nids;
 Les bois bénis
Sont comme un temple ;
Jeanne, de la lune de miel
 Tout sous le ciel
 Donne l'exemple.

C'est le temps où dans chaque cœur,
 Comme un vainqueur,
 Amour se lève ;
Chère mignonne, si tu veux,
 Faisons tous deux
 Le même rêve.

Sois ma fauvette et je serai,
 Bien pour de vrai,
 Ton rouge-gorge ;
Nous bâtirons une maison
 De fin gazon
 Et de brins d'orge.

Pour être seuls et mieux songer,
Allons loger
Près de la nue,
A l'abri sous quelque rameau
Du vieil ormeau
De l'avenue.

Ses feuilles en se refermant,
Au nid charmant
Feront un voile,
Clair et léger pour que le soir
Nous puissions voir
Passer l'étoile.

Et de chez nous, chaque matin,
Dans le lointain,
Quand tout s'irise,
Nous verrons l'aube en manteau bleu
Blanchir un peu
La plaine grise.

Puis, descendant des cieux dorés,
Très-affairés
De petits anges
S'en viendront frapper aux volets
Des roitelets
Et des mésanges.

Disant : « Oiseaux, faites chorus
 A l'Angelus
 Que l'airain sonne.
Chantez, chantez, c'est pour l'amour
 Encor un jour
 Que Dieu vous donne ! — »

Nous qui serons hôtes des bois,
 De nos deux voix,
 Echos fidèles,
Nous répondrons : « Ainsi soit-il !
 L'amour !... le mil !...
 Et nos deux ailes !... »

# TRIOLET.

—

Un baiser n'est point un larcin
Quand on est tout prêt à le rendre ;
Si le crime est dans le dessein,
Un baiser n'est point un larcin.
A confesse, un vieux capucin
A donc grand tort de le défendre,
Car un baiser n'est point larcin
Quand on est tout prêt à le rendre.

# LA COMPLAINTE DU ROULIER.

Toujours par voie et par chemin,
Qu'il pleuve, neige, grêle ou vente
Hier, aujourd'hui, puis demain
Sans que jamais rien m'épouvante,
Chaque route a vu mon soulier,
  Pauvre roulier !

Malgré mes pieds endoloris,
Pour mener vin, sucre et farine,
De Marseille jusqu'à Paris,
Près de mes roussins, je clopine,
N'ayant qu'un fouet pour mobilier,
  Pauvre roulier !

Bravant la neige des hivers,
Je m'étends sous ma lourde toile ;
L'été, je tiens les yeux ouverts
Pour voir là haut flamber l'étoile
Que Dieu met dans son chandelier
  Pour le roulier.

Parfois comme un grand tourbillon,
Passe un riche en chaise de poste ;
Au bruit que fait·le postillon,
Et clic et clac, moi je riposte ;
J'y prends un plaisir singulier,
    Pauvre roulier !

A chaque ville, à chaque bourg,
J'entre en jurant comme un vieux moine ;
Et clic et clac, vite on accourt :
« Du vin, du bouillon, de l'avoine,
Dis–je, en entrant chez l'hôtelier,
    « C'est le roulier ! »

— Monsieur, voici... Monsieur, voilà... —
On me sert comme un connétable.
Nous sommes dix ; on fait gala ;
A minuit, je quitte la table
Pour dormir près du ratelier,
    Pauvre roulier !

A l'aube blanche, il faut partir :
« Coco, Grisette, allons, courage ! »
Car il nous faudra, sans mentir,
Pendant nos vingt jours de voyage,
Donner de bons coups de collier,
    Pauvre roulier !

— J'ai quelque part sous l'horizon,
Un champ de trèfle et de luzerne,
Trois pommiers près d'une maison
Que, sans moi, la Jeanne gouverne ;
En rêve, j'en vois l'escalier,
      Pauvre roulier !

Le soir ma Jeanne, bien souvent,
Me sachant tout seul sur les routes,
Dit un *Pater* s'il fait le vent,
Un *Ave* s'il tombe des gouttes,
Car son cœur ne peut t'oublier,
      Pauvre roulier !

Las ! j'en ai pour sept ans encor,
Si rien ne trouble le négoce,
Puisqu'il me faut cent écus d'or
Avant de penser à la noce
Et qu'un tonneau dorme au cellier,
      Pauvre roulier !...

# CHANT DE FAUVETTE.

Je suis fauvette,
De l'alouette
J'ai la gaîté ;
J'aime comme elle
Sentir mon aile
En liberté.

Leste et frivole,
Sur tout je vole,
Chêne ou roseau ;
A Dieu je fie
Ma courte vie,
Mon cœur d'oiseau.

Que l'aube arrive,
J'éveille, active,
Merle et pinson ;
Que le jour meure,
J'ai pour chaque heure
Une chanson.

Rien ne m'ennuie,
Soleil ou pluie
Comblent mes vœux.
Tout passe vite
Quand dans un gite
L'on n'est que deux !...

Je suis fauvette,
De l'alouette
J'ai la gaité ;
J'aime comme elle,
Sentir mon aile
En liberté.

L'humble domaine
Dont je suis reine
N'est qu'un buisson ;
C'est peu de chose,
Mais j'en dispose
A ma façon.

Les pâquerettes,
Les violettes
Sont mes tapis.
Mousse et brin d'herbe
Rendent superbe
Mon doux logis.

Brise qui penche
Ma frèle branche,
Berce toujours
Sans brusquerie
Ma rêverie
Et mes amours...

Que ma couvée
Soit préservée,
Que toi, mon nid,
Quand je sommeille,
Par Dieu qui veille
Tu sois béni !

Je suis fauvette,
De l'alouette
J'ai la gaîté ;
J'aime comme elle
Sentir mon aile
En liberté !

## BERCEUSE.

———

Berce, berce, Madeleine,
Ton fanfan dans son berceau ;
En berçant, file la laine,
La laine pour son trousseau.
　　Do, do !... Do, do !...

Gronde, gronde, Madeleine,
Fanfan pleure en son berceau ;
Fais la voix du capitaine
Ou le cri du lionceau.
　　Do, do !... Do, do !...

Chante, chante, Madeleine,
Fanfan rit dans son berceau ;
Dit les pleurs de la fontaine,
Dit la chanson du ruisseau.
　　Do, do !... Do, do !...

Veille, veille, Madeleine,
Fanfan dort en son berceau ;
Et la mouche se promène,
Se promène sur l'arceau.
　　Do, do !... Do, do !...

# RONDEAU.

Rose, le voulez-vous ?... Nous irons un dimanche
Au bois où l'aubépine a mis sa robe blanche
Apprendre des pinsons comment on fait son nid,
Comment deux jeunes cœurs qu'un même rêve unit
Peuvent trouver l'Eden sous l'abri d'une branche.

La neige des pommiers succède à l'avalanche ;
Avril est de l'hiver la joyeuse revanche ;
Allons voir les grands prés que printemps rajeunît,
      Rose, le voulez-vous ?

Nous ferons sur l'amour babiller la pervenche ;
Rose, la pâquerette a le droit d'être franche,
Nous lui demanderons si le Ciel nous bénit...
Pour sourire à l'étang que le soir rembrunit,
Nous verrons dans l'azur la lune qui se penche,
      Rose, le voulez-vous ?...

# APOLOGUE.

Un jour, la Vérité se lassant d'être nue,
    Mit un jupon.
La dame ainsi parée et sans être connue
    Chez un fripon
S'en vint doucettement lui conter la morale
    D'un ton badin ;
La chose plut d'abord au fripon qui l'avale
    Sans nul dédain.
Contente d'avoir pu sans paraître importune
    Placer son mot,
On la vit s'enhardir jusqu'à chercher fortune
    Auprès d'un sot.
Un sage qui suivait pas à pas la déesse,
    D'un air discret,
A la fin, comprenant sa merveilleuse adresse,
    Prit son secret.
Au manteau de zénon cousant des broderies,
    Il inventa
De nous morigéner par des allégories
    Qu'on écouta...

Moi, sans joindre à ces vers aucun autre épilogue,
    J'espère bien
Avoir pris pour conter mon modeste apologue
    Le bon moyen,
Et prouver qu'au public, atteint de ridicule
    Pour s'en tirer,
Un conteur ne doit point donner une pillule
    Sans la dorer.

# RONDEAU.

---

« Ni plus ni moins, toujours autant. »
Le précepte est sage, et pourtant,
Combien peu qui savent le suivre !
Certes ! l'on ferait un gros livre
Des sottises de l'inconstant.

Mais à quoi bon le dire tant ;
Quand nous voyons qu'à chaque instant
L'homme du même vin s'enivre
    Ni plus ni moins ?...

Non, non, prêcher est attristant.
Faisons la morale en chantant
Malgré tout ce qui peut s'ensuivre.
Rien de trop, c'est l'art de bien vivre,
Je vous le donne au prix coûtant
    Ni plus ni moins.

---

# LA VISION DE LA BELLE AUDE

CONTE DU BON VIEUX TEMPS.

### I.

Gentil page était aimé
Par très-noble damoiselle ;
Deux ans, dans son cœur fermé
Il tint l'amour de sa belle.
Mais au seigneur du manoir
Vint de France un haut message
De riche et fier chevalier
Priant qu'il voulût bailler
Sa fille Aude en mariage.

### II.

— Par la lance et l'éperon,
Messager, je vous régale,
Dit Olgard le vieux baron,
Ce soir dans ma grande salle ;
Ecuyer, vous pourrez voir,

Sous la cape qui l'habille,
Les grâces et les beautés,
Précieuses raretés,
Qui sont les dons de ma fille ! —

### III.

Par son moine chapelain,
Saint homme plein de prudence,
Notre seigneur châtelain
Qui lui gardait révérence,
A sa fille fit savoir
Qu'au souper, dans sa parure,
De la soie et du velours
En empruntant le concours,
Elle embellit sa tournure.

### IV.

En oyant l'affreux récit
De son prochain mariage,
D'Aude le doux cœur s'occit
Songeant à Gaulthier son page...
Au moine fit entrevoir,
Comme tendre remontrance,
Qu'Olgard étant déjà vieux,
Pour elle il convenait mieux
Rejeter cette alliance.

## V.

Le moine, de ces propos
Sentant la rare tendresse,
S'en alla, frais et dispos,
Les porter à leur adresse ;
Et, jugeant de son devoir
De s'en acquitter sur l'heure,
Il se rend vers le chenil
Où, par plaisir puéril,
Souvent, le baron demeure.

## VI.

Or, notre gentil Gaulthier
Que tant aimait la belle Aude,
Pour choses de son mestier,
Voulut lui parler en fraude...
Sans qu'on le pût entrevoir,
Soit par ruse ou maléfice,
Il parvient, d'un pas discret,
Au mystérieux retrait
Où sa belle est au supplice.

## VII.

L'or, la soie et le brocart
Parent de gente manière
La tendre fille d'Olgard
Qui, dolente, est en prière.

Au Ciel, en son désespoir,
Lance une plainte suprême,
Priant Dieu de faire agir
Son bon ange à l'avenir,
Au profit de ce qu'elle aime !

## VIII.

Or, advint qu'elle entendit
Douce et bénigne réponse...
Son cœur écoute, interdit,
Ces mots que la voix prononce :
— Aude, gardez votre espoir !
Vous aurez mon assistance...
Dieu sur les saintes amours
Veille et prête aide et secours
A qui garde sa constance ! —

## IX.

Aude, au bruit miraculeux,
A genoux se précipite,
Mais un coup respectueux
Lui présage une visite :
— Dame, veuillez recevoir
Réponse courte et sincère,
Dit le moine don Tricot,
Aux demandes que tantôt
Vous fîtes à votre père.

## X.

Sire Olgard a reconnu
Votre amitié filiale ;
Mais pour lors a maintenu
Sa résistance amicale :
« Ainsi, dit-il, sans surseoir,
« Sénéchal de Normandie
« Mon neveu, le comte Henri,
« Dans peu  sera le mari
Qu'à ma fille je dédie. »

## XI.

— Je viens, dit Aude, en ce lieu
Moi, très-faible créature,
D'entendre la voix de Dieu,
Messire, la chose est sûre.
Parfois il daigne apparoir
Aux humains,  dans leurs épreuves ;
J'espère qu'en sa bonté
De sa sainte volonté,
Il me donnera des preuves ! —

## XII.

Le bon moine, interloqué,
Craignant quelque sortilége,
— Car Satan, si reluqué,
Prend souvent une âme au piége... —

Sans se laisser émouvoir,
En malin frocard s'advise
Que, si c'est illusion,
Plus n'aura de vision
Devant lui, l'homme d'église.

## XIII.

Lors, faisant signes de croix
Et moult oraisons pieuses,
Il adjure, à haute voix,
Les ombres mystérieuses
De lui laisser percevoir
Par marque, signe ou symbole,
Qu'Aude jamais de l'enfer,
Beelzébuth ou Lucifer,
Point n'entendit la parole.

## XIV.

Il advint en ce retrait
Une merveille étonnante ;
Du Sauveur le saint pourtraict
Parla d'une voix tonnante :
« Oui, moine, je veux avoir,
« Dans ma tendresse jalouse,
« Sans qu'on puisse la honnir,
« A jamais, dans l'avenir,
« Ma chère Aude, pour épouse. »

## XV.

Don Tricot, tout ahuri,
Dit : « Ma fille, je suppose
Qu'à vous donner tel mari,
Votre père ne s'oppose...
Il ne saurait mieux vouloir
Et ne saurait mieux prétendre
Que votre saint célibat
Aie pour lui, ce résultat
D'avoir Jésus pour son gendre !... »
. . . . . . . . . . . . . . . . . . . . . . . . . . . . . . .
. . . . . . . . . . . . . . . . . . . . . . . . . . . . . . .

## XVI.

L'auteur du vieux manuscrit,
Où j'ai puisé cette histoire,
Raconte qu'Olgard souscrit
A ce vœu très-méritoire...
Qu'Aude fit si bien valoir
Que, par grâce fortunée,
Le Ciel, dit-on, la dota
D'un ange qui cimenta
Sa délectable hyménée !...

# SOUVENIRS D'ENFANCE

# UNE HEURE DANS LE PASSÉ.

J'étais seule hier soir au coin de mon foyer,
Regardant tristement la branche de noyer
Qui dans l'âtre, en fumant, lentement se consume...
Je rêvais... — j'en conviens, — c'est souvent ma coutume;
Un peu de rêverie est parfois le seul bien
Du pauvre cœur brisé qui n'espère plus rien !...
Evoquant du passé les heures fortunées,
Je remontais le cours de mes jeunes années :
Par moment, je voyais le regard triste et doux
De ma mère disant la prière à genoux;
Me faisant répéter, après elle à voix haute,
Le *Pater* et l'*Ave* que je savais sans faute.
Puis, la scène changeant au gré de mon esprit,
Je redisais les vers que mon père m'apprit
Pour fêter grand maman le jour de Sainte-Rose.
Réciter trente vers ce n'est pas peu de chose,

Surtout s'il faut y mettre et le geste et le ton !
Je restai huit grands jours sans savoir ma leçon.
Oh ! quels doux souvenirs rappelle cette fête !
Du salon, dès la veille, on faisait la toilette ;
Tous y mettaient des fleurs. Comme il était plaisant
De voir chacun passer apportant son présent,
D'un pas mystérieux et d'un air d'importance,
Tout joyeux d'un plaisir qu'il savourait d'avance !
Sur le grand guéridon s'étalaient les travaux
Que le soir nous devions ériger en cadeaux.
Tous étaient en émoi : Fanchette, la servante,
Préparait pour dîner quelque crème savante,
Et ma mère, qui seule était dans le secret,
De l'office éloignait tout regard indiscret.
Sous prétexte d'aider notre bonne Thérèse,
L'un tirait un fauteuil ou traînait une chaise ;
Et tout en répétant tout bas le compliment,
Pour ne pas l'oublier quand viendrait le moment,
Nous parlions dans les coins en regardant la porte.
« Ah ! pourvu, disait Jean, que grand'mère ne sorte
« Pas encor tout-à-fait de sa chambre ! » — Voilà
Quelle crainte on avait dans cet heureux temps-là ! —
Puis au repas du soir, ce jour-là, notre aïeule
Souriante, au dessert entonnait toute seule,
Une vieille chanson qui parlait d'autrefois...
Et tous applaudissaient à sa tremblante voix !
— Vibre encor, ô mon cœur, au souvenir des heures
Que jadis tu passais avec ceux que tu pleures !

Evoque pour toi seul dans ce lointain béni
Un bonheur qu'à dix ans je croyais infini !
Ah ! laisse-toi bercer doucement par ton rêve...
Trop tôt dans la douleur il faudra qu'il s'achève,
Pour ne pas savourer un instant le plaisir
De vivre d'un passé qui n'a plus d'avenir !

. . . . . . . . . . . . . . . . . . . . . . . . . . . . . . . . . . . . . . .

# LA CONQUÊTE D'UN NID (1).

Je m'en souviens encor comme si c'était hier :
Je lui donnais le bras ; il en était tout fier !
Et nous marchions ainsi, tous deux à l'aventure,
Epiant chaque bruit que faisait la nature
Au lever du soleil... Le doux gazouillement
Des oiseaux nous jetait dans le ravissement !
Nous allions regarder dans les fleurs entr'ouvertes
Si nous surprendrions les demoiselles vertes ;
Ou bien les papillons au corsage azuré
Pour les porter dimanche à monsieur le curé
Qui, content, nous mettrait un baiser sur la joue.
Il avait plu la nuit ; les chemins pleins de boue
Arrêtaient notre course, et tous deux essoufflés
Nous errions au hasard foulant l'herbe et les blés.
« Vois-tu, me dit Joseph, auprès de ce vieux chêne
« J'ai trouvé, l'autre jour, bien caché par un frêne,
« Un joli petit nid dont les œufs sont éclos,
Voyons si les oiseaux ont les yeux toujours clos... »

(1) Cette pièce et celle qui suit ont obtenu une mention honorable de la part de la Société florimontane d'Annecy.

Et nous voilà trottant à travers la broussaille,
Déchirant, malgré nous, nos deux chapeaux de paille,
Sautant tous les fossés d'un pas leste et joyeux
Et broyant les épis qui nous frappaient les yeux...
Enfin nous arrivons !... Oh ! pour nous quelle fête !
Comme nous serions fiers de notre humble conquête !
Pourtant l'arbre est bien haut !... et pour les acquérir
Que de sueurs, d'efforts, de dangers à courir !
Mais comment résister, quand au milieu des branches,
Nos yeux voyaient le nid tout'plein de plumes blanches?..
L'espoir faisait bondir nos petits cœurs d'enfants !
« Quand ils seront à nous, que nous serons contents ! »
Disions-nous transportés. Afin d'être plus leste,
Joseph avait quitté ses souliers et sa veste.
Il grimpa, — mais pour moi ne sachant faire mieux,
Je lui criais: courage ! en le suivant des yeux...
. . . . . . . . . . . . . . . . . . . . . . . . . . . . . . . . . . . . . . . . . . . . . . . .
Une semaine après, les pinsons dans leur cage
Egayaient la maison par leur gentil ramage;
Mais Joseph avait fait trente vers en latin
Pour avoir déchiré son gilet de satin.

## L'AMOUR A SEPT ANS.

Croiriez-vous qu'à sept ans j'avais un amoureux ?
A cet âge l'amour n'étant point dangereux,
On nous laissait trotter tout le jour à notre aise.
Nous allions dans les bois pour y cueillir la fraise
Ou pour chercher des nids, si c'était la saison;
Et quand venait le soir, rentrant à la maison,
Grand'mère nous donnait, si nous étions bien sages,
Un livre où nous trouvions de superbes images...
Oh ! quel plaisir c'était lorsque assis près du feu,
Vis-à-vis l'un de l'autre et grand'mère au milieu,
Nous la faisions chanter ou conter une histoire !
Tantôt dans ces récits, un homme à barbe noire
Emportait un enfant qui faisait le mutin
Ou qui ne voulait pas apprendre le latin ;
Tantôt, de Cendrillon, la puissante marraine
Lui donnait en secret des parures de reine...
Oh ! le temps passait vite en ces récits divers
Et malgré le sommeil nos yeux restaient ouverts !

Quelquefois nous causions... C'etait plaisir d'entendre
Les projets d'avenir que formait Alexandre,
Qui toujours de sa vie en m'offrant la moitié,
Ne voyait de bonheur que dans notre amitié :
« Vois-tu, me disait-il, quand tu seras ma femme
« Ce sera bien gentil ! Tu seras grande dame :
« J'achèterai pour toi des robes de velours,
« Des rubans, des bonbons, des gâteaux tous les jours.
« Je serai général à la cour d'un grand prince
« Ou bien, peut-être encor, gouverneur de province.
« Nous aurons des chevaux, des carrosses dorés,
« Des châteaux, des palais richement décorés.
« — N'aurons-nous point d'enfants ? Moi je veux une fille
« Qui ne pleure pas trop quand sa bonne l'habille ;
« Dieu nous la donnera si nous la demandons !..
« — Demande-la pour toi, moi je veux deux garçons :
« L'un sera, comme moi, très vaillant militaire. .
« — Et l'autre ? — Je verrai ce que j'en pourrai faire. »
Et nous faisions le plan de l'éducation ;
Je voulais l'externat et lui la pension ;
Mais tout s'arrangerait : notre petit ménage
Serait du paradis une vivante image.

Hélas ! tout ce bonheur que nous avions rêvé
Deux ou trois ans plus tard nous était enlevé !
Le futur général fut mis au séminaire
Et son oncle en a fait un modeste notaire.
Nous rions quelquefois quand nous songeons tous deux
Au temps où nous étions de petits amoureux.

# EN FERMANT LE LIVRE

# RONDEAU.

Elles s'en vont les joyeuses pensées
Lorsque les ans sur nos âmes lassées
Viennent peser de leur poids rigoureux !
Des songes d'or le réveil douloureux
Las ! tristement, les a toutes chassées.

Heures d'amour, doucement caressées,
Fleurs de printemps, par nos lèvres froissées,
Quoi, c'est donc vrai ! dans l'oubli ténébreux
      Elles s'en vont ?...

Eh bien, partez, ô colombes blessées !
Sur d'autres fronts posez-vous empressées,
Illusions au vol aventureux...
Plus tard, ceux-là que vous rendrez heureux
Diront aussi de leurs heures passées,
      « Elles s'en vont ! .. »

# A LA DÉRIVE.

J'ai vu s'enfuir ma riante jeunesse
Comme un parfum s'envole d'une fleur !...
Rien envers moi n'a tenu sa promesse !
J'ai tant de fois savouré ma tristesse,
Que je n'ai plus un autre amour au cœur !...

J'ai vu tomber ma couronne de fête ;
J'ai vu mon ciel pour toujours s'assombrir ;
Sous l'ouragan, j'ai tant courbé la tête,
J'ai tant lutté contre l'âpre tempête,
Que je voudrais ne plus me souvenir !

Commé un débris qu'un vent d'orage emporte,
Vers l'inconnu, je vais sans me lasser ;
Joie ou douleur, désormais, que m'importe !...
J'ai tant pleuré mon espérance morte,
Que je n'ai plus une larme à verser !...

## A\*\*\*

———

Toi qui sais maintenant le secret de l'azur,
Pourquoi sur chaque front une pierre retombe,
Ce que contient de vide ou d'espoir une tombe
Et quelle aube se lève au-delà de ce mur,

Réponds ! Dois-je, roulant sur la pente déclive
Où se heurtent pressés les mortels éperdus,
Vers un but incertain, comme eux, les bras tendus,
Laisser mon frêle esquif voguer à la dérive ?

Dois-je, oubliant mon vol comme un oiseau blessé,
Tristement, me blottir en ma désespérance,
Ployer, indifférent, au poids de la souffrance,
Ce front que l'idéal a jadis caressé ?...

Ou faut-il, champion que nul coup ne rebute,
Vers l'Eden inconnu le regard élevé,
Par l'austère malheur, fier athlète éprouvé,
Sans trêve et sans terreur, accepter chaque lutte ?

Oh ! pitié pour ce cœur assombri par le deuil !
Pitié pour cette foi qui chancelle et qui tremble !
Réponds ! Si le trépas quelque jour nous rassemble,
Verrai-je du tombeau s'illuminer le seuil ?

De ce Ciel tant rêvé qui se dérobe encore,
Pourrai-je dans la mort découvrir la clarté ?
Et mon œil, rajeuni par l'immortalité,
S'ouvrant sur l'infini, s'emplira-t-il d'aurore ?...

. . . . . . . . . . . . . . . . . . . . . . . . . . . . . . . . . . . . . . . . . . . . . .

Oh ! le temps ne m'est rien si je garde l'espoir !
Qu'importe le désir et qu'importe l'attente !
En souffrant, je puis dire à mon âme constante :
— C'est peut-être demain !... c'est peut-être ce soir !

# TABLE

## LE POÈME DE L'ANNÉE (1).

(1) Plusieurs pièces de ce poème ont obtenu une mention très-honorable de la part de la Société florimontane d'Annecy.

## CRIS DANS L'OMBRE.

## ÉCHOS ÉPARS.

## NOUVELLES PAROLES SUR DE VIEUX AIRS

## SOUVENIRS D'ENFANCE

## EN FERMANT LE LIVRE.

www.ingramcontent.com/pod-product-compliance
Lightning Source LLC
Chambersburg PA
CBHW070858030726
47504CB00005B/1375